U0056043

在那流星
墜落的山丘，
終與妳
相遇。
I want to
see you again
on that
starry hill.
汐見夏衛

與妳相遇的瞬間，目光便情不自禁地被妳吸引。

越熟悉妳，心就越無可救藥地向妳靠近。

為什麼會這麼在意妳呢？

不知為何，總覺得好像很久以前就認識妳了。

認識妳澄澈的眼，認識妳坦率的心，認識妳那如花綻放般，燦爛的笑顏。

目錄

第三章　大學二年級，冬

第四章　大學三年級，春

在那流星墜落的山丘，終與妳相遇。

第一章　大學一年級，冬

難以忘懷

《我喜歡的她，愛著另一個他》

會去看這部電影，純粹是湊巧。

上街購物，偶然路經電影院前時，一張海報吸引了我的注意力。白色文字在雨夜背景下清晰可見。我目不轉睛地看著海報上的宣傳文案。拿出手機，我在搜尋引擎欄上輸入電影標題，找到官方網站，點開。頁面上出現了一臉哀淒地看著溼淋淋玻璃窗另一頭的女子側臉，以及電影的介紹。

〈某一天，我突然像被天雷擊中般墜入愛河。喜歡她、喜歡得不得了，甚至願意為她付出自己的一切。但她卻有個無論過了多少年都忘不了的戀人——如果是你，這份戀情能走到最後嗎？〉

當那幾行字映入眼簾的瞬間，我腦中忽然嗡地作響，內心大受震撼。

接著幾乎是無意識地買了票，走進電影院。

電影從下雨的場景開始。一臉快哭出來的男子，望著被暴雨淋溼的女子背影。

『無論如何，我都沒辦法忘記他。』

聽了她的話，男子低下頭。雨勢更劇。

『怎麼可能贏得過死人……』

男子自言自語般地低聲說道。

之後時間倒轉，描寫兩人相遇、越走越近的情景。可是，她無法接受男子的告白。

因為深藏在她心中最愛的那個人，已然病逝。

『我喜歡你，卻又怎樣都忘不了他。和我在一起，只會讓你痛苦而已。』

她在雨中一邊哭一邊說。

男子也因知道她心中有這樣的一個人而大受打擊。可不管怎樣，他無法和死人競爭都是事實，難道只能放棄嗎？即便如此，他對她的愛意依舊深重，要他就這樣放手，他是千萬個不甘心。

雖說無法放棄，卻也做不到不求回報地繼續愛她。他壓抑不住自己的嫉妒心，既煩惱又痛苦。

你能愛著一個心中有別人的人嗎？這份感情，能走多遠呢？

『抱歉。我沒辦法……。』

某個時間點的記憶甦醒。

明明已經過了好幾年，卻像緊貼在耳膜上揮之不去的話語。

咽喉像被人扼住般地痛苦，沒辦法好好呼吸。我隨即緊摀著嘴站起身，離開電影院。

不知何時，臉頰已被淚水打溼。

儘管不想放棄，卻自己拉開距離。

雖然不能放棄，現在卻依舊困在這裡。

那時候，應該怎麼做才好，應該做什麼才好呢？

接下來，又該怎麼做才好，又該做什麼才好呢？

我左思右想，還是沒有答案。

第二章　國中二年級，夏

不可思議的女孩

從我懂事起，就會反覆作一個夢。

並不是完全相同的夢，而是某幾個景象會一直在夢中出現，讓人印象深刻。

變成一隻鳥，飛在晴朗的寬闊天空中。

也夢過駕駛飛機。

乘著風飛向藍天的白色花瓣。

佇立在許多盛開的百合花之間，背對著我仰望星空的女孩。她長到背脊的黑髮輕柔飄逸，隨風翻飛。

我從小就喜歡飛機。小學一年級時，在作文裡寫了「想成為駕駛員」。大概因此才會作變成鳥、開飛機的夢吧，我想。

但是，會夢見完全不認識的女孩，實在是不可思議。

明明應該是陌生人，可每次在夢境中遇到她時，光是看到她的背影，心中總會升起一股既懷念又心疼，難以言喻的感受。

每當作這個夢時，我總會奇妙的早早醒來，怔怔望著夜色尚存，沉浸在幽暗藍幕中的窗外景色。

＊

我覺得在暑假前轉學，時間點實在有點糟。

反正都要轉學，如果是在暑假期間慢慢搬家，第二學期轉進去的話還比較好。這麼一來，我就能和夥伴一起參加暑假舉行的最大賽事。

想是這麼想，但爸媽已經決定了，我無可奈何，嘆了口氣。

畢竟爸爸說『突然被調到外縣市』，媽媽說『讓爸爸一個人去工作不放心，全家人最好一起去』，然後說『盛夏搬家又熱又辛苦，早點搬比較好』的話，身為小孩的我也只能照辦。

輕輕踢飛嶄新的足球，我一邊追著它跑，一邊小聲咕噥著好想參加夏季大賽啊。

我從小就喜歡足球，愛看也愛踢，一直是地方上俱樂部球隊的成員。升上國中後理所當然地加入了足球社，每天都練到很晚、滿身是泥。

冬天和春天的比賽我們都拿到了不錯的名次，大家幹勁滿滿地想著，一定要在今年暑假的縣賽裡擠進前四強。

再加上六月初時，社團老師跟我說。『三年級生退休之後，我想請你接隊長。』

我在心裡悄悄地為自己加油。『得更努力才行』。

才剛說完，爸爸就被調職了。

而且為了要在第一學期期間搬完家，搞到我非得在七月中轉學才行。

期末考考完，馬上就是暑假，在這種不上不下的時間點去新學校，大家一定會覺得『為何在這麼奇怪的時間點轉來？』。

算了，這就是所謂的父母工作需求，我也沒辦法，隨便吧。

像說給自己聽似的，我在心裡緩緩低聲說著已經不知道重複了多少次的話。

我追上踢飛的球，接著用再強一點點的力道踢出去。

閃閃反射著光亮的嶄新足球，在沿河的寧靜道路上滾動。

這顆球是在之前國中上最後一天課時，足球社的夥伴們送給我的禮物。

『雖然涼離開了會很寂寞，但你在新學校也要加油喔！』

『之後在全國大賽上交鋒吧！』

跟球一起送給我的紙板上，寫著這樣的留言。

和我相互競爭的大地，之後悄悄的來找我。

『以後J聯賽見！』

說了這種吹牛似的大話。我不由得爆笑出聲，但還是一邊笑著一邊輕搥大地的肩膀，回了句『當然！』

就這樣，我搬往新的地方。

從以前住的區域搭電車大約三個小時車程，對國中生而言是宛如不同國家一般遙遠的地方。

一想到不能跟以前學校的朋友經常碰面，腦中便冒出「要是能再好好交換一些臨別贈言就好了」這種一點都不像我的念頭。因為那時莫名害羞起來的我只笑著揮了揮手，說了句『那就再見啦』。為了不讓他們看見我的眼淚，刻意簡簡單單的告別。

在我抱起球呼地吐了口氣時，背包裡響起電子鈴聲。我拿出手機，確認螢幕畫面。

〈涼，你現在在哪？大概還要幾分鐘？〉

是媽媽傳來的訊息。我回覆〈應該再十分鐘左右〉。

接下來要去轉入的學校打個招呼，學校那邊好像會有人幫忙介紹。

雖然媽媽說『一起坐車去吧』，不過因為昨天搬了一天家，沒有訓練的時間，所以我想稍微活動一下身體，便選擇步行去學校。

離開河邊沒多久，就能看見許多穿制服的學生絡繹不絕地朝我這個方向走來。

男生是白襯衫配深藍色長褲，女生則是淡藍色的水手服。大家肩上都揹著深藍色的書包。大概是新學校的學生吧？

我無意識地低頭看向自己的衣服。淺卡其色的襯衫，配上棕色格紋長褲。此外，冬天制服是深棕色的西裝外套。

在同年齡的人群中，只有自己一個人穿著不同的制服，難免會覺得不自在。

我一邊微低著頭，一邊在穿著陌生制服的人潮中逆流前行，而後看見學校。我把足球放進背包裡，朝著校門方向走去。

行進途中，我從團團圍住校地的樹木縫隙間看見球場，不由得停下腳步仔細望去。回家的學生隊伍已經斷斷續續的了。

相當漂亮的學校。球場相當大，能同時容納幾個社團一起活動，不會互相干擾，也有足夠的空間練習。

以前國中的球場很小，棒球社和足球社若同時比賽會撞在一起，這裡看起來可以悠悠哉哉地練習，所以我滿開心的。

自己都覺得勢利，不過原來因突然轉學一事而產生的鬱悶感，一口氣減輕不少。

我觀望了一會，忽然從背後傳來小小的腳步聲。發出沙、沙的聲響，從我身後走過。

我不經意地往後一看，一個女孩站在離我咫尺之遙的地方。

我們的視線靜靜交錯。

倏地，有種時間流逝停止了的錯覺。

「……啊。」

從她輕啟的唇瓣間，洩漏出微微的聲響。

不知道為什麼，她一臉驚訝的睜大眼睛，一直盯著我的臉看。

我像被她清澈的眼睛囚禁一般，無法移開目光。

雙眼皮明顯的大眼與光滑白皙的肌膚，微紅的櫻唇，修長的脖頸，整齊剪到肩膀、不翹不捲的筆直黑髮，與深藍色的裙子一起，在風中微微搖蕩。

在從湛藍天空上燦爛落下的夏日眩目陽光中，在我眼中，好像只有她周圍的風景是生動鮮活的。

令人莫名留下深刻印象的女孩。

不知何故，我想起夢中那個不認識的女孩。

明明不可能，但我心裡湧起『終於找到了』這個自己也不知道是什麼意思的念頭。

我不由得著迷地看著她，而後忽然回過神來。

被個穿著不同制服的男人，而且還像現在這樣一語不發的凝視，別說是起疑心，甚至會讓她覺得怕吧？

至少要說點什麼的焦慮，從身體裡撬開我的嘴。

「妳是這間學校的學生嗎？」

我一邊指著校舍一邊問，她一臉呆滯地點了點頭。

「這樣啊，妳幾年級？」

「二……二年級。」

聽見她宛如囁嚅般的回答，想到是同年級學生，我有點開心。

「這樣，我們同年級。太好了。我下禮拜開始轉進這裡的二年級，請多指教。」

她微微睜大眼睛，迅速舉起一隻手。我立刻緊緊握住，是隻摸起來帶著涼意又光滑的手。

我無意識地朝女孩伸出手。

想到這之後，我再次回過神。

我沒多想就找她握手，可突然去摸陌生女孩子的手，一定會讓對方不舒服。爆炸不舒服。

糟糕了，就在我偷偷懊悔不已時，她的眼睛忽然輕鬆地瞇起。

她意料之外的表情變化嚇了我一跳，隨即開始觀察她的面部變化。

薄薄的唇瓣瞬間張開，而後緊緊閉上，看起來有些苦澀。

像是笑、又像是哭，不可思議的表情。
那瞬間的模樣，牢牢烙印在我眼前，揮之不去。
「……請多指教。」
她小聲地說，直直地回望著我的眼睛。
我幾乎沉醉在她那雙眼眸裡，回過神來之後才用力點頭。

＊

那個渾身上下環繞著不可思議氛圍的女孩，名叫加納百合。
轉學第一天，我在導師引領下走進教室，發現坐在窗邊位置上的她時，心臟不由得因驚訝與興奮而緊抽了一下。
我一邊拚命不讓情緒顯露在臉上，一邊在老師的催促下開了口。
「大家好，我叫宮原涼。請大家多多指教。」
我隨意地介紹自己，再裝作不經意似地瞟了她一眼，卻發現她纖細的手臂撐著臉，呆呆地望向窗外。
我突然莫名覺得非常難過、非常寂寞，不由得腹肌用力，發出不該在這種場合發出的巨大聲量。
「以防萬一，我再說一次。我叫宮原涼！」

突如其來的大聲量讓大家睜大眼睛，然後爆笑出聲。

加納同學一臉這時才注意到前面有轉學生在說話的模樣，朝我看了過來。

然後，一跟我對上眼，就驚訝得雙眼圓睜，眼珠彷彿要掉出來似的。

啊，她注意到我了，我開心起來。

我一邊感受著加速的心跳一邊微笑，她疑惑地眨眨眼，很快的就別開眼去。

失敗了的懊悔與羞恥讓我想吐。

不，接下來要挽回這一切。就像在足球比賽場上失誤時一樣，我這麼告訴自己，硬是讓自己心情好點。失敗的話，努力重新修正就好了。

就這樣，我的新學校生活開始了。

儘管擔心在這種奇怪的時機點轉進來，不知道能不能跟大家好好相處，但班上個性開朗、活力滿滿的人不少，轉學第一天就跟我天南地北各種聊。

我一說想加入足球社，足球社的同學便聚集了過來，立刻就打成一片

目前大家似乎都能接納我，真是太好了，我鬆了口氣。

不過，我還有一件在意的事。

加納同學似乎跟這個班有點不相容的感覺。是格格不入呢，還是獨特的氛圍難以靠近呢，總之就是跟這個班級給人的印象不太一樣。

她似乎相當文靜。雖然有時會看到她跟其他一些同樣穩重的女孩子湊在一起，不過感覺卻並不熱絡。

她們沒有排擠或無視加納同學。我看過幾次有人跟她搭話，她也會簡短的回答、點點頭。但就覺得哪裡生硬的感覺。

我莫名覺得她並不擅長和人往來、交流。有種雖然並不討厭人，可因為不善交際的關係，所以很少主動和人搭話的印象。

這麼一來，就不太容易跟她迅速拉近距離。

如果座位在附近，還能找個機會主動跟她聊天，但我總是跟足球社的男生混在一起，加納同學也常靜靜地待在女孩子群裡，或是撐著臉呆呆看著天空，找不到什麼說話的機會。

「加納同學，是什麼樣的人？」

某一天，我裝得一副不經意的樣子，開口問同是足球社夥伴的祐輔和聰太。

他們兩人面面相覷，露出有點不知如何是好的表情。

「什麼樣的人……怎麼說，有點奇怪？」

「呃，不是有點，是相當奇怪吧？」

「我沒跟她說過話。」

「我也是，不過她好像本來就不太會跟男生聊天？」

「對啊，是那樣沒錯。」

我一邊「嗯」的點點頭，一邊偷偷瞟了瞟果然在看窗外搖曳樹梢的加納同學。

好美的側臉……從額頭到鼻子的線條，流線似的滑順。

薄薄的嘴唇，總是微微嘟起向上。像對這世界有什麼無法理解的地方似的。

加納同學平常究竟在想什麼呢？

一定是在思考我無法想像的困難事物吧。

「是說，加納她……。」

祐輔忽然降低聲量，像講八卦似的開始小小聲說了起來。

「有點奇怪的傳聞啊。」

聽了祐輔的話，聽太也點點頭。從他們的表情看來，我想這應該是班級裡眾所周知、廣為流傳的八卦。

可是，我不想聽。

我裝出一副沒興趣的樣子，從抽屜裡拿出課本，開始整理。

但和我的意見相反，祐輔並沒有停下來。

「那個啊，加納好像超糟糕的，是不良少女。聽說還有在做爸爸活喔。」

「嗯？爸爸活是……？」

回問是什麼的時候注意到了。說不定，是那個？

我拚命忍住想嘆氣的衝動。如我所料，是我一點都不想聽的話。

「咦，不良少女？真的假的？一點都不像。」

我一邊小心地維持原本的表情，一邊假裝只是把腦袋裡想的事隨口講出來的樣子。

而後聽太說「的確看起來不太像不良少女啦」後，瞟了加納一眼，在我耳邊悄悄地開口。

「但她對老師的態度真的很差，超叛逆的，會嚇死人那種。」

我歪著頭一臉疑惑的回答。「是嗎？但我怎麼覺得她上課時很安靜。至少我轉來之後，從來沒看過她叛逆的樣子。」

我擔心要是一開始就反駁的話感覺可能不太好，因此只敢點到為止，自己都覺得丟臉。

祐輔和聰太聞言一邊蹙眉，一邊異口同聲地說「也對」。

「這一陣子她突然變乖，不叛逆了。」

「沒錯，明明以前會瞪老師，上課時還會隨便離開教室。」

「也完全不跟班上的人說話。」

「對啊。不過最近會跟其他女生聊個幾句。」

綜合兩人的說法，意思應該是加納從前是個非常叛逆的不良少女，不過現在成熟穩重多了。

我再次悄悄地望向她。

從安靜自持的氛圍裡，絲毫感覺不到會反抗老師那種激烈粗暴的感覺。我覺得她上課時一直很認真，負責的事務或打掃工作也都做得相當仔細，和不良少女這個詞天差地別。

但是，若照他們所言，她以前不是這樣的。

加納同學遇到了什麼事？為什麼會改變？

她究竟是什麼樣的人？到底在想什麼呢？

聽了祐輔和聰太說的話，我對她比以前更加感興趣。

不過，加納同學太「孤高」了，過了一個禮拜，我仍然連一句話都沒機會跟她說。

即使如此，我有時依舊會覺得她常盯著我看，那是我的錯覺，還是我自以為是的誤會呢？

「老師——今天班會課要做什麼啊——？」

轉學到這裡正好一週。有點懶洋洋的，禮拜一第六節課。

引領班級氣氛的男同學在上課鐘響的同時出聲問導師。

「準備之前社會科參訪的發表喔——。」

從各種地方傳來這什麼啊、沒聽過欸的聲音。

根據班導的說明，似乎會在暑假結束後的校慶園遊會上，分組發表上上週舉行的社會科參訪見聞。

參訪的時候好像是男女分開，全班分成六組。發表的時候各班以三組為單位，所以會各由一組男生、一組女生混合成一組。

「老師，那涼怎麼辦？」

聽太好像察覺到了我的茫然無措，體貼的幫我問。

老師啊了一聲，驚訝地睜大眼睛看向我。

「對了，宮原沒去啊。你才一個禮拜就完全融入班級，忘了你是轉來的。」

因為老師用開玩笑的語氣說，所以我也用調皮搗蛋的口吻回答。

「老師，太過分啦！請好好照顧我這個弱小的轉學生啊！」

全班哄堂大笑。

幸好沒有被無視，我鬆了口氣。有種被確實接受了的安心感。

由於爸爸的工作經常調職，因此這次是我第三次轉學，但不管轉幾次學我都沒辦法習慣，每次轉學都非常緊張不安。

總之第一個禮拜是最重要的。能不能融入班級，能不能被大家接受。要說這個結果會左右我接下來直到畢業的命運都不為過。

這次似乎也相當成功，我安下心來。

無意識地，我看向加納同學的位置。我猜她大概會是一副對我說的話或周圍同學的反應一點興趣都沒有，手撐著臉頰看向窗外的模樣吧。

我心中這麼想，沒多久卻發現她正把雙手放在桌上，專注地看著我。

心砰砰跳。砰砰砰，心跳快到連自己都嚇一跳。

像這樣正面對望，是從那一天——我們相遇那天之後的第一次。

我的身體連動都沒法動，就這樣屏住氣息回望加納同學。她也用看起來比平常稍微柔和一些的表情，注視著我。

世界好像停止了。

我完全聽不見四周的聲音。就像是身處在只有我們兩人的世界——。

這時候，加納同學別開了眼。就這樣遠遠看向擺在教室前方花瓶的位置。

我明明心跳快到連自己都無法相信的地步，卻因她別開眼而感到失落非常、悲傷不已。

「……這樣可以嗎?宮原。」

「……呃?是?」

老師突然跟我說話，我嚇了一跳，轉回視線。

老師一臉生氣的樣子。

「什麼啊，沒在聽我說話嗎?明明是個轉學生卻一點都不緊張!」

「……對不起。」

笑聲再起。我一邊覺得臉有點燙一邊回問老師:

「對不起，請您再說一遍。」

「你真是的。我剛剛是問你可不可以加入高田和吉川他們那一組。」

「啊，好，當然可以!」

高田和吉川是祐輔和聰太的姓。因為我們是足球社的夥伴，老師照顧我才這麼分。

祐輔對我使個了個眼色，咧嘴笑了。能迅速交到接納自己的朋友，我真心覺得慶幸。

「那麼，大家先移動桌子分組。然後各自分成去參訪時候的組別。」

在老師下達指示的同時，大家開始挪動桌子。我也和坐附近的人拼桌。接著一起移動，與同組的夥伴聚在一起，決定要跟哪一組女生搭擋。

教室裡明顯視線交錯。正在判別哪個組別最好相處、哪個組別有合得來的成員。

而且，應該也有確認在意的人、喜歡的人在哪組的人吧。

這麼說起來，我回過神來時，也正在用眼角餘光偷瞄加納同學在哪一組。

她在有時會彼此講講話、感覺有點成熟穩重的女孩們那一組。

「吶，要跟哪一組組隊？」

「啊——和小川她們應該不錯？」

「應該吧？誰要去問一下？」

祐輔和聰太他們在討論。

所謂小川同學的組別，是班上最高調且顯眼的女孩們。

老實說，我覺得跟加納同學她們組比較好。

並不是因為想跟加納同學在一起——不，還是有一點點這個因素就是了——我只是不擅長應對太華麗又太有精神的女生，所以覺得跟應該能冷靜交談的女孩子在一起比較好。

不過剛轉來的我想也知道沒資格決定要跟誰一組。

我一邊想著說不定那組有誰喜歡的女孩在，一邊靜靜的聽。

「那，誰去？」

「你去。」

「我不行！我又沒跟小川講過話！」

「我也是啊！」

「拜託，祐輔你去啦！」

「咦——？才不要！」

就在大家推來推去的時候，他們的視線很自然地全集中到我身上。

「……欸？我、我？」

我不由得脫口一問，大家一起雙手合掌對著我。

「涼，拜託你！」

「我們太孬了，真的沒辦法啦！」

「總覺得涼看起來很會跟女生說話！」

「之前也跟長野她們聊得很愉快。」

被大家拜託，我「欸欸？」的回應。

「不是這樣的。她們只不過因為我是轉學生，所以才半開玩笑的找我說話而已……。」

「但感覺你就是比我們行呀！」

「對啊對啊，拜託！這是我一生一世的請求！」

「對啊對啊——真的啦。真的啦……。」

雖然毫不留情的攻勢讓我困擾的抓頭，可我本來就是不會拒絕別人請求的個性，最後就變成了我代表大家去開這個口。

我拖著沉重的腳步，走近正在喧鬧的小川同學組。就在再走幾步她們便能聽到我聲音的時候。

「真穗——跟我們一組吧。」

有個男生先我一步開口。

我鬆了口氣，一邊注意不要被別人發現一邊放慢腳步，看著眼前的樣子。

親暱的喊她名字、把手搭在小川同學肩上的，是籃球社的酒井。他時尚又陽光，是班上男生核心團體的領袖級人物。

小川燦笑著抬起頭，回應「嗯，一起一起。」。像是和她的回答同步似的，其他女生也點頭。

我微微改變自己前進的方向，踩著彷彿原本就打算往那邊去的腳步，走過小川同學她們組旁邊。因為，很尷尬啊。

我感覺到身後祐輔他們屏氣凝神地看著經過本是目標女生組的我。

我就這樣繼續緩緩往前走，然後分毫不差的停下腳步。

我的眼前，是加納同學。

她坐在整組的邊緣，還是一如往常的，視線微微往上放空。心臟砰砰作響。我深呼吸一口氣，下定決心地開口。

「……可以和我們一組嗎？」

在我這麼說的一瞬間，加納同學的臉一下子朝我轉了過來。和她同組的女孩子們也是——應該是橋口同學、有川同學、竹田同學吧，她們也有點驚訝地抬頭看著我。

我竭盡全力堆起笑容，開口。

「可以的話，能不能跟我們一組呢？我們是高田和吉川那組的。」

我無意識地專注望向加納同學。她雖然靜靜地回望著我，不過很快就移開視線，看向橋口同學。

橋口同學微微點了個頭，確認其他人的反應之後才看向我，回答：

「那麼，請多指教⋯⋯。」

然後她不知道是怕生還是害羞，立刻別過臉去。

加納同學看著我。我一邊心砰砰跳，一邊笑著說「謝謝」，回到自己的組別。

「因為小川同學那組好像要跟酒井他們一起，所以我就去問加納同學了。」

我一邊回報一邊坐下後，祐輔回答「嗯，啊，可以喔」。

「謝啦，涼。」

「不客氣。」

就在我一邊覺得有一點點尷尬一邊說話的時候，講台上傳來老師喊「喂——」的聲音。

「組別都分得差不多了嗎？嗯，看起來沒問題了。那麼，你們就各自集合，討論接下來的事宜！」

我們開始照老師的指示行動。

加納同學那組來到我們這邊，簡短地說了聲「請多指教」。祐輔他們也感覺有點不冷靜地回「請多指教」。

加納同學坐在我右前方的座位上。

搞不好這是我第一次離她這麼近。

我莫名覺得有點尷尬，就一直看著位於她斜對角方向的聰太。

「那麼，總之就先決定誰要負責什麼部分吧。」

擅長在這種時候發揮領導能力的祐輔，熱熱鬧鬧的開始分配起來。

我沉默地注視著他們。就算再怎麼熟，轉學生也不能出風頭。即便只是萬一，也不可以讓別人覺得我明明是個新來的，卻是個自以為是的麻煩傢伙。

「那，就分成負責在圖書館查資料、負責在網路上查資料、負責訪問年長者這三部分如何？發表用的書面資料就所有人一起做吧。那，有想負責哪一部分的人就舉手。」

不過因為沒有任何人舉手，最後祐輔問：「不然就由我來決定囉，可以嗎？」隨意幫我們分配工作。

最後——

「那個，加納同學，請多指教……。」

「……嗯，請多指教。」

不知道為什麼，我跟加納同學一起負責在圖書館查資料的工作。

當然，並不是只有我們兩人。孝一和有川同學也一起，四個人負責。

對這個意料之外，但心底有一點點期待的發展，我不知如何是好。

所以我挪開視線不去看她，開口問大家。

「這麼說起來，社會科參訪是去了哪裡？我什麼都不知道啊。」

祐輔點點頭道，「啊——這麼一說還的確是……」。然後看著聰太說，「好像是什麼資料館？」

我噗哧一笑。「什麼啦——我就是想知道那個『什麼』的部分呀。」

「是沒錯——不過我已經忘了。」

「因為是上上禮拜的事情嘛——」

「似乎是跟戰爭有關？」

「對對，有布置戰鬥機照片之類的。」

明明才隔了兩個禮拜，大家卻好像都忘記自己去過哪裡了。

算了，對國中生而言，社會科校外教學就是這麼回事。重點是享受跟朋友一起搭巴士出遊，在巴士裡吃點心，在外面攤開野餐墊吃便當的樂趣。至於去了哪裡、看了什麼，老實說，根本就無所謂。

其他女孩子也面面相覷，互相討論著「是去了哪裡啊？」。

女孩群中，原本一直平靜地望向大家的加納同學，忽然開了口。

「——特攻資料館。」

毫無起伏的聲音。就像是只有她一個人身處不同的空間似的。

「展示那些以肉身衝撞敵艦並死去的人，他們的遺書或遺物的資料館。」

她沒有看著任何人，用失焦般的眼神，緩緩說出口。

明明是回答我的問題，為什麼注意力卻不在我身上？

或許是因為太在意這一點，一直注視她的我這才發現。

她的眼中，滲著薄薄一層淚水。

溼潤的瞳眸，在窗外照進的陽光下，閃爍著晶瑩的光澤。

好美啊，我想。

『加納同學，妳沒事吧？怎麼了？』

要是能這麼說該有多好。但是，我什麼都說不出口，只能閉上嘴。

為了遮掩自己的尷尬，我挪開視線。

因加納同學的話而睜大眼睛的男生們頓了頓，像是要改變有點冷的氣氛而興高采烈地說。

「對啦對啦，是特攻資料館。」

「啊——是的，我想起來了。」

「入口處好像還放著老戰鬥機。」

「展示了很多像遺書一樣的東西。」

「整面牆都陳列著隊員的大頭照！」

儘管聽著大家七嘴八舌告訴我資料館的模樣，可我滿腦子裡卻只有加納同學。

為什麼，她會露出如此悲傷的表情呢？

＊

「謝謝!!」

社團活動結束後，所有社員排好隊伍朝教練行禮道謝。整齊劃一的聲音，融在夏天的落日天空裡。

三年級學生離開，由一、二年級學生整理球場和球具。之後在球場角落放包包物品的地方，脫下被汗浸溼的上衣。

這裡的足球社社團教室很小，沒辦法容納全部的人，所以只有三年級的學長能在社團教室放置物品或換衣服。一開始我還會覺得在外面換衣服好嗎？不過很快就習慣了。

「啊——累死了——。」

旁邊的祐輔吐了口大氣。

「但是明天沒有晨訓！太好啦——可以好好睡了！」

儘管祐輔一臉開心，可我卻心中卻有些憂慮，嘆了口氣。

我今天莫名的不對勁。原本打算明天一早到學校來先自行訓練，看來會因為教練有事沒辦法晨訓。

我不由得回頭看向球場。好想多踢一下。明天放學後太晚。但是，已經快到最後離校時間了，沒辦法現在去練球。我再度嘆氣。

我暗自決定晚餐前到附近哪個地方稍微練習一下。就像扣子扣錯般，和球不一致的時間長了，錯位就會越來越嚴重，要糾正就難了。

「拜，我先閃啦！」

我慌忙換好衣服背上背包，在別人喊我之前匆匆離開學校。

搬到這裡來之後，我還沒找到適合練習的地方。

以前的家是獨棟的，還能在停車場稍微踢踢球，但新家是大樓所以沒辦法。附近也沒有可以玩球的廣闊公園。

回家後我立刻換上T恤和夾克，跟在廚房做飯的媽媽說了聲「我馬上回來」，便帶著球出門。把球放在自行車前面的籃子裡，騎著車總之先往大馬路去。

我在等紅燈的時候打開手機裡的谷歌地圖APP，查查看附近哪裡有空曠的地方，發現距離不到兩公里的位置有『百合之丘公園』的文字。

百合，這個詞讓我的心砰通跳了一下。腦中忽然浮現出加納同學的臉。

不行，不行。沒有想這些閑事的時間。現在只能想著足球。

我慌忙揮去亂七八糟的念頭，想著總之去看看吧，就照著導航騎自行車去。雖然有點遠，但騎車的話兩公里其實也不用多少時間。

在我一邊騎在鋪著柏油的陡坡路上，一邊想著「這趟成了不錯的訓練」的時候，視野一下子展開，出現寫著『百合之丘公園』的石柱。看來是比我想像中還要大的公園。

一進公園就有廣大的停車場。我把車停在停車場角落的自行車停車處，四處觀望。行人步道兩邊並排著高聳的樹木。我莫名想起以前所住城市裡的綠地公園。

這裡說不定能踢球，我一邊想一邊順著行人步道走，到了草地廣場。

四周已經開始變暗，所以沒有小孩或帶著孩子的家長，只有另一端有一群高中左右的男生在打籃球，沒有其他人。

這樣的話應該沒問題，一思及此，我自然地露出笑容。很開心找到了一個練球的好地方。

我以粗大樹幹的大樹根部為目標，專心踢了一會球。

「啊，糟了。」

一顆踢得比較用力的球完全偏離軌道，朝奇怪的方向滾去。

果然今天狀況莫名不好。大概是為了要習慣新環境導致用盡能量的關係吧？爸媽都覺得我哪裡不對勁，我雖然自認不是個纖細敏感的人，但或許還是在不知不覺當中感受到了壓力。

啊——啊，我一邊嘆氣一邊跑起來。飛出草地廣場滾到石板坡道上的球，以極快的速度往下。我迅速追上，球終於在撞到一排長椅的其中一張時停了下來。

當我撿了球抬起頭時，心臟突地狂跳。

在相隔兩張的長椅上，坐著一個筆直頭髮齊肩、穿制服的女孩。

明明才相遇不到十天，但在看見她的臉之前，光是從斜後方看見她的坐姿，便立刻認出來了。是加納同學。

她似乎看著黃昏天空在發呆。像時光停止似的，一動也不動。

我像是靈魂被奪走一樣呆呆地看著她。失去了時間感。

周圍慢慢染上夜色。或許是綠意盎然，街上的燈火照不到這裡來，能清楚看見星星。

這期間加納同學果然一動也不動的抬頭看著天空。

在她坐著的長椅周圍，開著幾朵白色的百合花。儘管在其他地方沒看到，不過這些百合或許就是公園名稱的由來吧？風息時不時吹過，她的頭髮和百合花像是共鳴一般搖曳晃蕩。

瞬間猶豫了一下是不是至少要打個招呼，但她周身的氛圍感覺並不適合開口打擾。就這樣回去吧，我轉過身去。

即便我小心翼翼地不想發出聲音，可好像是踩到了周圍的小石子什麼的，喀啦聲在一片寂靜中響起。

她小小的腦袋一下轉了過來。大大的眼睛有點驚訝似地搖擺不定。

「啊……宮原，同學。」

加納同學的聲音也好好聽啊，我想。

像通透澄澈的天空一般透明，像一陣風吹過一般清爽——連我這種運動笨蛋的腦子裡也會冒出這種詩句的美麗聲音。

不，現在不是悠哉悠哉想這種事情的場合。

我慌忙切換思考，對無力的臉部肌肉下達指令。

我刻意做出碰巧走到這裡剛好發現她的表情，輕輕舉起手說「嗨」之後，才意識到自己耍帥耍過頭，感覺反而更土了。臉紅得像要噴出火來。

「嚇我一跳……真巧啊。」加納同學淺笑著說。

她不在意我俗氣至極的招呼，也沒有取笑我，只淡淡地回應了聲。好溫柔。但我依舊陷入了她是不是在心裡暗自偷笑的猜測，覺得要是現在有個洞，我立刻就能跳進去。

「啊，嗯。我剛剛在那邊的草地練了一下球。」

她明明沒有問，我嘴裡卻自顧自地說出理由。

在她眼中，現在的我是什麼樣子呢？不會覺得我莫名慌亂、舉止詭異吧。

「好厲害，你真勤奮。」

加納同學像什麼事情都沒有發生一般，回應既矬又幼稚的我，她果然很成熟。我不由得因尷尬窘迫而縮緊肩膀。

「不，我一點都不厲害。只是受不了踢得很爛所以才來自主練習而已……。」

我擔心說不定會被她認為我是在強調「自己很努力、很厲害」，因此刻意這麼說。

她緩緩眨眼，露出淺淺的微笑。

「果然很厲害啊。畢竟一般人不會這麼想，就算想到了也不會付諸行動。」

她的語氣沒有揶揄，也不是稱讚，感覺只是直率地把所想的話說出來，所以我連巧妙的自謙都沒辦法，只能回了句「謝謝」。

「……我沒參加社團活動也沒在念書，完全沒有一直持續在做的事情，所以覺得不管是什麼事情，能拚盡全力去做的人真的很強。」

她的話，深深地觸動了我的心。

社團活動結束後自主練習、每天上學前和晚餐後都會去慢跑、不只是社團活動，還加入俱樂部球隊，我沒有跟任何人說過這些。

『你也太認真了吧？』

我參加俱樂部球隊的事情偶然間被之前國中的同班同學知道了，他曾經這麼對我說。我從他的表情和語氣知道他本人其實並沒有惡意，只是聊天的延伸，想引起點笑聲所以半開玩笑的說。所以我也『是吧？』的一笑帶過。

但其實我深受打擊，而後覺得難為情。真心誠意做的事情、拚命做的事情被人知道了，非常難為情。

從那之後，我在社團活動時間之外為足球所做的一切，就都不讓任何人知道了。

即使如此，加納同學卻理所當然似的對我說「拚盡全力」很厲害。她一定不知道這些話讓我多驚訝、讓我多感激。

「……謝謝。」

我咬緊牙關似的道完謝，她有點驚訝地微微張大眼睛，微笑回應「不客氣」。

加納同學再度抬頭看夜空。我也同樣揚起頭。

當因她的話而昂揚的心情稍微沉靜下來後，能夠和在學校連話都說不到的她說這麼長一段話，這個事實讓我再次以另一種意思心神動搖。

「……總覺得，很開心。」

我小聲地低語後，她微微歪頭疑惑地看著我。

「啊，不是，因為感覺加納同學不太說話，所以能跟我說這麼多我很高興。」

我一邊慌忙說明，心裡一邊湧起「這會不會很失禮？」的焦慮感。被人說不太說話應該不會開心。不知道是否讓她覺得不愉快，我不安起來。

但是，加納同學笑著對我說「這樣啊」。

「因為大概是叛逆期，我直到不久前都還總是煩躁不已，常常表現在態度上……雖然終於反省改過了，但大家還是覺得怕，因此為了不嚇到他們，就盡量不浪費時間去跟他們說話。」

祐輔說的是真的，我雖然很驚訝，但果然還是只有意外一個感想。

「這樣啊……我完全沒感覺到就是了。」

「因為宮原同學不認識之前的我啊。」

「或許吧……。」

不過，她微微低著頭說。

「我是個怕生的人，本來就不是很擅長說話，不過……宮原同學很好聊……所以，我想這是我今天說這麼多話的原因。」

「欸？」

我發現自己的心臟怦怦跳。不由得抓緊上衣前胸……

「這樣嗎？不過，謝謝。」

原本想要應和，卻有點破音。真的有夠丟臉。

但是，聽到她這麼對我說，心裡會動搖也是沒辦法的事。因為，她就像是對我說我是與眾不同的似的……。

欸欸欸欸等一下，我拚命阻止因又驚又喜而幾乎要擅自解讀語意的自己。

加納同學想說的並非指我是與眾不同的，大概是因為我是轉學生，所以不了解以前的她的意思。應該不會有才認識就覺得與眾不同這種事吧。

不，但是，其實我剛認識她，就覺得她很與眾不同……。

就在我腦子轉啊轉地想著這些的時候，口袋裡的手機震動起來。大概是媽媽打來的。

可是，在她面前接媽媽打來的電話莫名覺得害羞，所以我像是自言自語般小聲地說「抱歉，我差不多得回家了」。然後簡單問了一句。

「……加納同學還不回家嗎？」

「嗯。我再在這裡待一下。」

她就這樣坐著回答我。接著突然移開視線，看著腳下的百合花，而後抬頭望向星星閃耀的夜空。

「已經很黑了，不危險嗎？」

雖然我本來想說的是「晚上很危險，我送妳回去」，但又因羞恥心來攪局導致說不出口。我真的是又窘又矬。

她仰望星空的視線轉了回來。

「因為媽媽下班之後會來接我……。」

「啊，原來是這樣。抱歉我多嘴了。」

我慌忙道歉，加納同學輕輕搖搖頭。

「不會。謝謝你擔心我。」

這麼說的她閉上了嘴，不過眼睛依舊直視著我。

像是要把我吸進去般清澈的雙眸。我一邊感受著自己快速的心跳，一邊試圖冷靜下來。

「那，再見囉」，揮揮手轉過身。

我在稍微離得遠一點的地方，像被誰喊住般自然地回頭。

加納同學和一開始一樣眺望著天空。百合花像要保護她似地，在她周圍恣意綻放。

在她凝望的夜空當中，宛如即將墜落的星子不斷閃耀。

說不定她正一邊想著每一顆星星的故事，一邊數著星星的顆數呢。

回家路上，我騎著自行車在下坡路上飛馳，陷入一種彷彿要飛上天空般的錯覺。心裡飄飄然。

居然能在偶然造訪的公園遇到加納同學，還聊了很多天，她甚至對著我笑了。

儘管回到家後，媽媽一邊準備餐點一邊不太高興的跟我說「很晚欸」，可我一點都不在意，只老老實實地道歉。「抱歉，我下次會注意」。

我帶著沉浸在幸福夢境中一般的心情狼吞虎嚥吃晚餐，洗了個快速戰鬥澡回到自己房間，心花怒放到連作業都沒辦法專心寫。

然後，晚上我再度做了那個不可思議的夢。

坐在被星光微微照亮、開著無數百合花的山丘上抬頭仰望星空的女孩背影。若是平常的夢，那女孩會一直背對我，但讓人驚訝的是，今天她緩緩的朝著我轉過頭。

那個女孩，是加納同學。

因為是直接表現出自己願望的夢，醒來時我害羞到幾乎想死，毛巾被從頭蓋上啪搭啪搭的翻來覆去。

即便還不到五點，卻已經睡不著了。

難得這麼早就出門慢跑，那乾脆跑久一點吧，我想。

在天還濛濛亮的時候出門練跑，但不能跑得太過影響身體狀態，便適度的跑了一陣子。說到底還是以社團活動為主，要是放學後累到身體動不了就本末倒置了。

然而也不能打混，所以我比平常早了三十分鐘以上出門。

我想著「大概還沒有人」，走進教室時，便發現坐在窗邊位置上、加納同學的身影，不由得想開口打招呼。硬是忍住了，深呼吸一口氣。

她還沒注意到我。桌上放著打開的筆記本和教科書，專心動著筆。早早來學校念書真是太了不起了，我佩服著。

不能一直站在這，於是我下定決心開了口。

「早……早安。」

加納同學霍地一下抬起頭。

「啊，早安。」

在看到她臉龐的瞬間，我突然害羞得不得了，出不了聲。腦中想起昨天在公園說話的事情，心臟怦怦跳起來。

加納同學雖然看了我幾秒鐘，但可能是因為我什麼話都沒說，所以淡淡一笑後，她的視線又落回桌子上。

沒辦法好好聊下去的自己真是有夠沒用。怎麼樣都擠不出話來。難得昨天她說我很好聊的。

我沉默著坐到自己位子上，為了不打擾到她，慢慢地把教材放進抽屜。

教室裡只有自動鉛筆書寫發出的聲音。我看了幾眼，她寫的好像不是學校教材，是題本一類的東西。是有去補習班？還是自己買了參考書？不管是哪一種都很厲害。加納同學應該很喜歡念書吧。

儘管很好奇，但我沒有開口搭話的勇氣。要是在這種心怦怦亂跳的時候說話，搞不好又會破音。

不過難得沒有其他人在，所以至少該說聲『昨天謝謝妳』吧？足球的部分得到了她的讚美，所以我也想說『謝謝』。啊啊，可是搞不好會打擾到她……但我又想開口搭話。好，就在這搏一把吧。

就在我滿腦子亂想到最後，打算硬著頭皮主動開口的時候，走廊上傳來唧唧喳喳的聲音。是同班的其他女孩子，一邊開心的聊天一邊走進教室。

我吞回到嘴邊的話，百無聊賴的翻開課本。

因為錯過了機會，我單方面覺得尷尬，那一天都沒辦法直視她。團體活動時也不敢看她，都是在看別人。雖然我想，她搞不好連這一點都沒有注意到就是了。

直率的眼眸

第二天，走進教室的瞬間，我就感覺到和平常不同的氣氛。

每個人都顯得哪裡焦躁不安，明明在注意什麼，卻盡量不往那邊看，還刻意和平常一樣跟好朋友聊天這種奇怪的不自然。

怎麼回事啊？我一邊想一邊走到自己的座位上放下包包。落座後，我一邊整理課本，視線一邊在教室裡逡巡，接著便注意到了那個東西。

某張桌子上，放了一個插著雜草的花瓶。

……什麼啊？這個。我傻眼地皺起眉頭。都已經國中二年級了，居然還有人在搞這種小學生霸凌。

到底是誰幹的？我左顧右盼。

一看就知道了。一群窩在教室後面，賊笑著往花瓶方向看的人。明顯違反校規染成棕髮的三島，還有和他攪和在一起的不良少年。在班上大家也對他們敬而遠之，都當他們是空氣。他們總是一群人聚在一起吵吵鬧鬧，所以我沒跟他們說過話，但沒想到是一群會做這種事的傢伙。

真是爛到家了，我瞠目結舌。像個小鬼似的，窮極無聊。

這時候祐輔剛好到學校，用若無其事的聲音說「早啊——涼！」，拍拍我的肩膀。與此同時，他像是注意到班上奇怪的氛圍般，露出不可思議的表情。

我用眼神暗示那個放了花瓶的位子。然後祐輔小聲地嘆氣說，「又來了」。

我小聲地問，「這種事情常發生嗎？」。

祐輔點點頭。

「雖然最近幾乎沒有，但到五月左右都還經常發生……。」

就在我想問「都沒人說什麼嗎？」的時候，我住了口。

因為其實我也一樣。

要是能對著三島他們大喊『不要做這種垃圾事』的話，心情會有多舒暢啊？可是，我做不到。我沒有走到那群人附近，說出這種話的勇氣。

不愉快的氣氛當中，只有時間流逝。幾個同學一走進教室就注意到了那個花瓶，然後立刻別開眼。

「……那是誰的座位？」

我瞟了瞟花瓶的方向，小小聲的問祐輔，他告訴我「是淺井的」。

聽到名字就想起他的臉。是個下課時間總是一個人在看書的男生。這麼說起來我一次都沒聽過他的聲音。的確是個很容易被針對的人，我不由得想。

儘管不舒服到想吐，我卻還是什麼行動都沒有，僵在那裡。

要是淺井到了，然後看到這一切，會有什麼感受？

那些傢伙看到他大受打擊的表情，會爆笑出聲吧？

一思及此，我坐立不安起來。

不行，我想。我還是不能當作什麼都沒看見。儘管我只是個轉學生，卻也不能放著不管。

就在我這麼想，準備站起來的時候。

「……這是，什麼？」

一道沙啞的低語聲傳來，我霍地一下抬起眼。

出聲的是凝視著花瓶，應該剛到校的加納同學。她手上還拎著書包，直盯著花瓶看。

「……做這什麼無聊事。」

她傾洩而出的聲音驚人的低沉，隨即氣到發抖。

加納同學冰冷的眼神，迅速掃過整個教室。

掃過當作沒看到的同學，還有一邊賊笑一邊看的三島他們。

她死死瞪著三島，在大家齊聚的視線中，迅速邁開腳步。在淺井的桌子前面停了下來。

我慌忙站起來，追著她的背影走了過去。

一靠近，發現淺井的桌上，用白粉筆畫了『死』字的塗鴉。

我不由得倒抽一口氣。什麼鬼，這……真的是爛透了。

她盯著那個『死』字看了半晌。然後用冰冷刺骨的視線瞪著那個插了雜草的花瓶，接下來的瞬間。

——匡啷!!

她舉起右手，把花瓶揮下桌。

玻璃摔碎的尖銳聲響響徹教室。

大家一起抬起頭，大氣都不敢喘一口的看著她。

一片寂靜的教室。破掉花瓶的碎片，還有四處飛散的雜草。

加納同學視線往下，一動不動。

回過神的我邁開腳步，站到她身後。

「……加納同學，妳沒事吧……？」

我囁嚅似的開口後，她的視線從花瓶碎片慢慢往上。

那雙大大的眼睛裡，滲出薄薄一層淚光。

眉頭緊皺，非常悔恨地咬著唇。

她看了我一眼，然後視線掃過整間教室。

「……這是誰幹的？是你們嗎？」

加納同學瞪著三島他們低聲說道。他們有點不自然的露出笑容。

「……是的話又怎樣？妳有意見喔？」

三島用挑釁的語氣對加納同學喊。

她毫無怯意，一直瞪著三島。

「……不要做這種無聊事。真的有夠爛。」

她果決地說。三島的臉頰抽了一下，但還是虛張聲勢似地瞪著她。

瀰漫著不安的氣氛。整個班神經緊繃、人心惶惶。

即使如此，只有加納同學氣勢凜凜的向前。瞪著三島，從裙子口袋裡掏出手帕，用力擦拭寫在淺井桌上的那個『死』字。

然後，緩緩開口。

「……你們這些人，知道死到底是怎麼一回事嗎？」

平靜的聲音。但是，這個聲音傳遍了整個安靜的教室。

「你們知道，死這件事有多沉重、多巨大、多痛苦、多辛酸、多難過嗎？」

三島他們仍然在笑，沒有回答。

「明明什麼都不知道。」

她的聲音一下子變了。聽起來立刻就要哭出來似的。

「明明什麼都不知道……不要隨便用『死』這個字!!」

尖銳的聲音響起。

大家啞口無言，默默地看著加納同學。三島他們也還是僵著一張臉，什麼都沒說。

她可能親眼看過某個人死亡吧。而且，一定、一定是失去了很重要的人。

吶喊聲悲痛而真切到大概所有人都會這麼想的程度。

她肩膀顫抖，擦拭淺井的桌子。

在大家一片僵住當中，我回到自己的座位，拿出社團用的運動毛巾，用水龍頭的水沖溼，站在加納同學身邊幫忙一起擦。

她抬了下頭，小聲地看著我說「謝謝」。我點頭回應，擦桌子的手更加用力。

這時從我們身後傳來椅子匡噹的聲音。

回頭一看，站著的三島用一臉屈辱扭曲的表情瞪著加納同學。他的臉頰抽動了一會，突然拔高聲音。

「……妳就是個靠討好大叔換錢的!!少在那邊裝乖！」

聽到這句話的瞬間，我的腦袋一片空白。

回過神來時，我已經衝到三島那邊去，雙手拍在他旁邊的桌面上。

砰！響起刺耳的聲音。

三島張大眼睛看著我。大概是被我突然性情大變的表現嚇到了？感覺班上的其他同學也倒抽了一口氣。

雖然我平日盡可能不引起風波，但這件事之後，大家一定會用不同的眼光看我。不過，無所謂了。

我帶著憤怒和輕蔑，正面瞪著三島。

「……背後說人壞話。不要做這麼沒出息的事。你有證據證明加納同學做過這種事嗎？明明沒有證據，卻能隨口抹黑。淺井的事情也是……你也考慮一下對方的感受吧？你們這些傢伙不只沒出息，還很遜。」

我說的話，在安靜的教室裡發出連自己都嚇一跳的巨大回音。

一片寂靜。

三島他們一臉僵硬的看著四周。

他們雖然看起來兇狠，但不是什麼壞人。連我這種人都怕。

我一下子覺得沒勁，轉身回到加納同學那邊。再度用力擦拭桌面。

「……謝謝。」

她的聲音悄悄鑽進低著頭的我的耳朵裡。我沒有抬眼，就這樣點點頭回應。

「我來幫忙。」

我身旁忽然出現聲音。一看，是祐輔和聰太拿著沖溼的毛巾站在那裡。我稍微挪開身體，給出容納他們兩人的空間。

「……我也來幫忙。」

接著是女生的聲音。橋口同學他們蹲在淺井的桌子周圍，開始收拾散落的花瓶碎片。

而後，其他人也一點一點聚集過來幫忙收拾殘局。

雖然我不知道該說什麼好，總之很開心，我不由得看向加納同學。

她緩緩瞇起眼睛，嘴角露出笑容。

我耳裡響起咚咚咚的心跳聲。我迅速移開視線回到清理工作當中。

周圍的大家都默默的專心整理。雖然遠處傳來三島他們不滿的抱怨，但無人在意。

就在一切處理完、大家回座位的時候，淺井走進教室。我用眼角餘光觀察，淺井看起來什麼都沒有發現的樣子，正常的在座位坐下。

這樣就好，我想。什麼都不知道也好。遭受這麼過分的對待，不要知道比較好。

不過，如果，再遭遇同樣的事的話——那時一定如同今日，大家應該會站在他那一邊。我會這麼做，過去當作沒看到的同學們也是。從此以後，一定不會有人無視這種卑劣的霸凌行為。

這——多虧有加納同學。

她的話讓大家醒了過來。那些真誠的話語。

我望向回到座位上的她。

一如往常美麗的側臉，看著窗外。

那雙眼睛，直直的、專注地看著天空。

是多麼有力、溫柔、純粹、美麗的眼眸啊。我移不開目光。

我過去從沒有遇見過像她這樣的人。既堅強，又直率。

*

社團活動結束後，我再次試著去那個公園。

儘管昨天莫名覺得尷尬，就算遇到了也不能好好說話，只能離她遠遠的，但今天我無論如何都想去一趟。

即使不一定能見到她，可我還是朝她之前坐的那張長椅走去。

在發現和那時一樣抬頭望著天空的背影時，我的心臟開始猛烈地砰砰跳起來。雖然想掉頭，但我還是擠出勇氣開口。「加納同學」。

「啊，宮原同學。」

「抱歉，突然找妳說話……。」

加納同學微微搖頭。

「那個……妳還好嗎？」

聽我一問，她「欸，什麼？」的一臉疑惑。

「啊，沒有，沒事就好。」

早上花瓶事件之後，她看起來不是很有精神。縱使想說「我很擔心」，不過一想到說不定會被當成多管閒事，就含糊其詞起來。

「今天也來練足球？」

她開口詢問，我模糊的回答「不是」。我沒有老實說今天不是為了足球，而是為了見加納同學而來的勇氣。

「……加納同學常來這裡嗎？」

變成反問的狀況。她搖搖頭說「沒有」。

「沒有常來。偶爾……碰到討厭的事、想要思考事情的時候。因為這裡很安靜，還滿能冷靜下來的。」

「啊啊……我懂。」

在學校被人群包圍，回到家也有家人在。在自己的房間會覺得有人，也會聽到從外面傳來的人車聲音。

能一個人靜靜想事情不被任何人打擾的地方意外地少。在這一點上，夜晚的公園沒有人煙，是個好地方。雖然位於住宅區的公園因為周邊有人車來去不太平靜，不過這裡被許多植物包圍，正好適合想獨處的時候。

加納同學討厭的事情是什麼呢？思考的事情是什麼呢。

儘管只是單純好奇，可我沒辦法開口詢問。我不想讓她覺得我是個口無遮攔、隨意侵犯他人隱私的人。

加納同學小聲地說「是啊」，望向腳邊的百合花。因為頭髮遮住臉龐，我看不清她是什麼表情。不過，看見她一動不動看著花的模樣，我覺得自己不能就這樣回家，便厚著臉皮，心驚膽跳的開口問。

「……我可以，坐在這裡嗎？」

我指著她旁邊的長椅，她回我「當然」。

「謝謝」，我說。在我坐著的長椅周圍，也綻放著少少幾朵百合花。潔白且遺世獨立的，高貴的花。花葉、花瓣上都有流線似的脈絡，好筆直啊，我想。

就像加納同學。自己用花來比喻女孩子的浪漫腦模樣，讓我耳朵發燙。

我應該不是這種人。但是，自從認識她後，我覺得好像每天都在發現全新的自己。

雖然我們相鄰而坐，但想不到什麼能聊的話題，我就變成只是坐在她旁邊的怪人。

就在我拚命想有沒有適合當聊天開場白的話題時。

「……今天早上的我，感覺很差勁吧？」

加納同學忽然這麼說，我一臉驚訝的看著身邊的她。

「欸？我完全不覺得……。」

「……是嗎？」

她一臉不安。

「因為我脾氣暴躁、易怒、說話難聽……現在想想，根本沒必要用那種方式說話，還打破花瓶，其他同學一定很害怕，覺得我很恐怖——我真是討厭自己……。」

唉聲嘆氣，雙手掩面的她，讓我驚訝的睜大眼睛。啞口無言了小半晌，然後我不由得笑出來。她一臉驚異地看著我。

「啊，抱歉，因為感覺很意外。」

我慌忙以手掩口，一邊忍著笑一邊說。

「意外？」

她的表情更驚訝了。

「不是，因為我一直覺得妳很成熟，有種看事情很透徹、好像開悟似了的感覺，所以嚇了一跳，原來妳也會煩惱啊——」

「咦，什麼意思？」

我的回答讓她啞然失笑。大大的眼睛眯起，眉毛與眼尾下垂，臉頰圓鼓鼓的。

我是第一次見到加納同學如此無憂無慮的笑容。慘了，好可愛。

「才不是這樣呢。我幾乎都是擅自行動又孩子氣，完全不透徹也沒開悟。好想早點成為沉著冷靜的大人啊。」

「欸——？要是加納同學是個孩子，那我就是嬰兒啦。」

「騙人。宮原同學才成熟吧？我覺得你跟其他的男孩子完全不同。」

「啊……!?才沒這種事，我就只是個小鬼頭而已。」

我雖然手在臉前揮舞否認，但心裡卻因加納同學親近的說話方式跟柔和的表情而感到開心不已。莫名覺得彼此的距離縮短了。

能和她像現在這樣聊天，真的像是奇蹟。

「不過，無論怎麼說，早上那件事之後，我總覺得加納同學好厲害，很尊敬妳。」

我稍微換了個語氣，她眨眨眼睛。

「尊敬……？」

「嗯。」我點點頭。

「花瓶、塗鴉都真的是非常糟糕、爛透了的行為，如果不說的話，我想那些傢伙不會知道他們所做的事情有多嚴重。加納同學沒有任何錯，反而非常帥氣，所以不用討厭自己。」

說完之後，我想到可能不能對女生說用「帥氣」這個詞而感到有些緊張。不過，她最終只是淺淺一笑，對我說。「謝謝。聽到你這麼說，我稍微安心了點。」

「……如果那能讓他們反省一下就好了。」

我露出苦笑小聲地說，她的笑容瞬間消失，歪著頭說「不知道會怎麼樣呢」。

「人的想法很難改變，所以……。」

沒想到她會接這句，我倒抽一口氣。

她該不會覺得那些人完全就是朽木不可雕，生氣了吧？

「不管如何拚命地表達自己的想法，對方也完全無法理解。就算說同樣的語言，但如果過去身處的環境和成長方式不同的話，也很難溝通。」

確實如此。不過才國二就能有這種感悟……加納同學看事情果然很透徹，我感嘆著。

「想改變一個人，幾乎是不可能的……」

是啊，或許是如此，我低語。

回頭想想，我過去的人生當中，基本上也沒改變過任何人。即使是自己的爸媽，也不曾因我的話而改變想法。我最後還是聽從爸爸或媽媽的意見。

「……不過，即使知道沒辦法輕易改變，還是沒辦法原諒。」

加納同學咬牙切齒地說。在她的眼眸中，明顯燃燒著熊熊怒火。

「我無法原諒不把死亡當一回事的傢伙。」

我無意識地吞了口口水。

「因為現在，並不是死亡近在咫尺的時代……不太有機會親眼目睹死人，平常生活中也感受不到生命危險……所以，才會那麼輕易的使用死這個字眼。」

她的聲音顫抖。我反射性地想伸手想摸她的背脊，驚覺不適合後慌忙收回。

「我每次聽到大家一副理所當然的說『要死了』、『像死了一樣』，開玩笑說『去死』的時候，怎麼說，就覺得難以呼吸……。」

她纖細白皙的手，緊緊抓住水手服前胸。表情痛苦且扭曲。

我一邊看著陷入沉默的她，一邊回想自己過去的生活方式。和朋友開玩笑的時候，也被人說過『你快要熱死了，累得要死——我說過很多次這種話。我沒有脫口叫別人「去死」的印象，也想這麼相信，但說不定在我不記得的時候，不小心說過也未可知。

可是，我想我一定不會再說這樣的話了吧。看到她嚴肅的模樣，我才意識到這不是一個能輕易說出口的字眼。

我一句話也說不出口，只是靜靜地坐在她身旁。她也沉默著望向夜空。

她所失去的，到底是誰呢？

到底是誰，在她心中種下如此沉重的『死亡』陰影呢？

我一邊想，一邊仰望天空。

今天陰沉沉的，烏雲密布，看不見月亮也看不見星星。我呆呆地眺望著，有種被黑壓壓的天空壓垮的感覺。

縮短的距離

「……呼——好熱……。」

一轉眼，開始放暑假了。

今年的夏天也是連日讓人發軟的暑熱。當然因為足球社有練習，所以我每天都來學校。到了休息時間，我到操場一角的水龍頭洗臉。冰涼的水很舒服。

就在我用運動毛巾擦臉時，突然聽到喊「宮原同學」的聲音。

這聲音讓我心重重跳了一拍。回頭一看，一如預期的是加納同學。她站在離我有段距離的地方看著我。風習吹過，她光滑的頭髮輕舞飛揚。

她的嘴角帶著淺笑，我開心得不得了。她在班上幾乎不笑，給人很酷的印象。但我覺得她有時會像這樣對我露出微笑。雖然有可能是我自以為是。

自從一起坐在公園長椅上聊天以來，我跟加納同學在學校也會有一些日常對話。儘管只是些早安、好熱喔、再見這樣的句子，也是相當有進展。而且，今天加納同學主動跟我說話。

我拚命露出自然的笑容，爽朗的打招呼。

「早安。怎麼會在這裡？」

「早。今天有委員會集會，不過我不小心來早了，就來足球社看看。」

知道被加納同學看見練習的樣子，我一下子羞窘起來。擔心自己的表現，應該不會太糟糕吧？

「宮原同學真的踢得很好呢。」

並肩離開給水處途中，她突然低聲說。我吃了一驚低頭看向身邊的她，她美麗的眼睛直直看著我。

「雖然我不是很懂足球，但看到了莫名就是知道喔。你在之前的國中也踢球嗎？」

明明是這麼熱的天，加納同學卻幾乎沒有流汗，相當清爽。

與她相比，我渾身是汗、衣服也溼透了，覺得有點尷尬。

可是她說我踢得很好，慘了。我拚命忍住幾乎要笑起來的嘴，盡可能平靜地回答。

「啊——嗯，也有。」

「這樣啊。是國中才開始踢的嗎？不過你踢得很好耶。」

「不是，我小時候就在俱樂部球隊裡踢球，讀之前國中的時候，是社團跟俱樂部球隊兩邊都踢。」

「哇——好厲害。好努力唷。」

加納同學的話，為什麼這麼直擊我心呢？

我思來想去，想到了一些答案。因為她說的不是社交性的場面話，不是說謊，不是說漂亮話。

就女生而言，她的話很少，正因為如此，她不說什麼廢話。她會用平靜且澄澈的眼神專注地看著對方，在心中仔細思量後，只說必要的話。

所以，才能打動人心。

「……嗯，我很拚的。」

我發現自己如此低語。

「雖然可能會被別人笑孩子氣……不過，我真的很想成為職業選手。」

加納同學不加矯飾的語氣，讓我也跟著坦然起來。說出這種可能會被笑、也沒跟任何人坦承過的話。

話一出口，我覺得萬分羞恥。但她沒有笑我。

「一點都不孩子氣。有夢想是件很棒的事。因為是付出努力追求的夢想，所以沒有人可以嘲笑你。」

這麼說完，她望向操場。

不過我總覺得她的眼睛，看的不是跑來跑去的國中生，而是更遠的、天空的另一端。

「……能有夢想——有未來的夢想，是非常幸福的事。」

加納同學低語。

一開始，我以為是常見的『羨慕你有夢想，因為我找不到自己想做什麼』的意思。

可繼續聽下去，我立刻了解並不是這麼膚淺的話。

「如果日本不像現在這樣——例如，是個正在戰爭當中的國家的話……孩子就沒有作夢的權利，只能為了活下去拚盡全力，連思考未來的時間都沒有。喜歡的運動、課業、興趣、穿的衣服，一切都不能盡如人意……每天滿腦子都是該怎麼獲取食物，什麼時候會有空襲炸彈掉下來，能平安活到明天嗎一類的事。所以，我覺得能理所當然地說自己有夢想，真的是件非常幸福的事。」

我嚇了一跳，一句話都講不出來。

「如果日本現在正在戰爭的話」。這種事我想都沒想過。

我沉默地凝視著加納同學的側臉。

放空眺望遠方小半晌的她，像是突然回過神來似的看向我。

「……抱歉，說了奇怪的話。嚇到你了吧。」

她說完後表情有點害羞。第一次看到她與年紀相應的表情，我開心起來。

「不奇怪。」

「可是，聽到這種話，一般都會笑才對？」

「我不會笑。因為加納同學聽我說自己的夢想時，也沒有笑我啊。」

我乾脆的回答後，她噗哧一笑。我是第一次這麼近距離地看見她的笑容。

平常凜然的表情很好，但笑臉也非常可愛。

我莫名沒辦法直視她的臉，一下子挪開視線。

這時候，傳來繼續練球的信號，我說「那，再見囉」之後迅速回到操場。

往球場走去的步伐自然地雀躍起來，我在心底偷偷希望她沒有發現。

＊

暑假開始後的第二個禮拜天。

要做社會科參訪的課後學習之故，今天負責蒐集圖書館資料的人要出來一聚。

儘管也有抱怨難得的週日還要集合的傢伙，可我反而很期待。當然，是因為能見到加納同學。

「宮原同學。」

我聽見清新的聲音回頭一看，一如預期的是她。她看見我站在約好的車站閘門口，所以出聲喊我。

「早安，加納同學。」

「早安。你來得真早。」

「啊——嗯，我到得比預計還早。」

「這樣啊。」

加納同學點點頭，站在我旁邊。

我用眼角餘光悄悄看她，她穿的是便服，我的心因此砰砰跳得飛快。

是相當常見的服裝。不是女孩子很常穿的那種有圖案的T恤配迷你裙或短褲，而是印著不顯眼黑色小字的白色T恤，配深藍色的緊身牛仔褲。明明都是相當樸素的樣式，但她穿起來就是很好看，很搭她的氣質。

「大家好晚喔。」

她忽然開口，我一下回過神來。

「啊——對耶，都已經到約定的時間了。」

我拿出手機一看，幾分鐘前孝一傳了訊息給我。

〈抱歉，我今天不能去了〉

真的假的——我無力地低下頭。

他沒寫原因，所以我也不知道為什麼他不能來，有急事，也可能是懶得來。孝一有時候很懶。事實上，決定今天要碰面的時候，他也是說『好麻煩喔』、『這些在網路上隨便找找就好了吧』，盡可能避免聚會。

我讓加納同學看LINE的畫面。

「這樣啊，沒辦法。算了，三個人應該也不會有什麼問題才對？」

「也是。不過有川同學也好晚，她沒聯絡妳嗎？」

我不經意的一問，讓加納同學露出有點為難的表情。

「……對不起，我不知道有川同學的聯絡方式。」

聽她深感抱歉的語氣，我更加覺得過意不去。

原來如此，加納同學跟其他女孩子有點不一樣，似乎不太常用LINE和人聯絡。

「啊，但我知道橋口同學的聯絡方式，我問問看吧。」

就在她這麼說的時候，電子音樂聲響起。是她的手機。

「橋口同學傳來的……。」

她小聲地說，把手機轉向我。上面是ＬＩＮＥ的對話框。

「我可以看嗎？」

「嗯。」

看到最新傳來的對話框，我不由得喊出聲。

「欸，有川同學也不能來？」

「說是家裡突然有急事……。」

「這樣啊，沒辦法。」

「嗯。」

她用不熟悉的動作觸擊螢幕，開始回橋口同學訊息。

也就是說，我這才注意到。今天就我跟加納同學兩個人？哇，真的假的？怎麼辦……。

在山丘上的公園裡，我們只並肩說了三十分鐘左右的話。在學校裡說話大概也就五分、十分鐘。但今天要查資料，所以會一起待上幾個小時。我的心臟受得了嗎？

加納同學收起手機，看向我。

「那，我們走吧。」

她乾脆俐落的說，處之泰然地邁開腳步。不愧是她。

不，這麼說起來，她是完全沒有意識到我的存在嗎……？

她踩著毫不猶疑的步伐，頭也不回地穿過人群。我也追了上去。

我們的目的地是市立圖書館。要在那裡找戰爭跟特攻隊有關的資料，整理必須的資訊，製作發表用的書面報告。

走進圖書館，確認館內的配置圖後，我們朝著擺放歷史相關書籍的書架走去。

「這本和這個……啊，這本好像也不錯。」

在找和特攻隊有關的書時，我注意到她相當了解相關的歷史。

「加納同學懂得真多。妳先查過資料了嗎？」

我問完後，她點點頭。

「去過資料館後，我想多知道一點……。」

「嘿……好厲害。」

連我自己都覺得蠢的回答，但也只能說這些。

一個國中生，會想主動去查跟戰爭有關的資料。加納同學真的跟一般人完全不一樣。

「我對特攻隊完全不熟。在之前學校雖然有學到一點，不過剛好在考前，所以有種趕快教完的感覺，幾乎沒什麼說明。方便的話，可以教我一些基本知識嗎？」

拿了十本左右的書往自修區走去，在角落的大桌子落座時，我對加納同學說。她「嗯」的點點頭，一邊緩緩翻開一本書，一邊平靜地開始說。

「太平洋戰爭，就是第二次世界大戰，剛開始日本連戰連勝。甚至打贏了俄國這種大國，擊潰美軍。所以國民堅信日本的強大與勝利，覺得是有神風吹拂的國家，堅信日本必勝無疑。」

「這樣啊……我完全不知道。」

從課堂或電視裡學到的內容裡，日本給人的印象是受貧困與飢餓所苦，有許多犧牲者的戰敗國。

「可是，取得勝果也只是一時的……後來日本逐漸屢戰屢敗，戰局越來越不利。即使如此，報紙、廣播裡的內容，還是持續播報日本戰勝的消息，導致被洗腦的國民盲目相信國家，忍耐著被貧困、飢餓所苦的悲慘生活。即使自己沒得吃，也要省出一口飯，想辦法支援上戰場的軍人……還有許多因雙親死亡而餓死的孩子。」

加納同學忽然看向窗外，像陽光刺眼似地瞇起眼睛。

她視線的終點，是一群年約五、六歲的孩子，正在公園的取水場無憂無慮玩耍。

多安穩的生活啊。我很難形容眼前這副情景和她告訴我的內容之間，落差究竟有多大。

我切切實實地感受到，自己所處的世界有多麼和平。

可是，這不是因為我特別努力，只是運氣好而已。偶然能出生在沒有戰爭的時代和地方而已。

即使如此，能理所當然似的過著和平的生活卻毫不感激的自己，真的是白痴到有剩。

「空襲越來越嚴重。每天都有美國的轟炸機飛過來，都市一一遭受攻擊，奪走數不清的生命。國民也開始一點一滴地感受到危機。軍部焦急地想盡可能挽回戰局。但是，美國的物資壓倒性的豐富，日本已經沒有錢，沒辦法做出足夠的武器和戰鬥機。正面迎擊看來打不贏。所以……那群人最終想到的方法，就是特攻作戰。」

她說得彷彿親身體驗過似的。痛苦且扭曲的表情，連我都開始覺得窒息。

我在電視上看過幾次空襲的影像。街道、人都被焚燒殆盡，許多應該是人們生活的地方，燒到變成光禿禿的荒原。

「特攻隊只在特攻飛機上帶單程分量的燃料和炸彈，一一起飛。軍部認為，比起在空中投擲炸彈，和炸彈一起撞擊目標能提高命中率。即使實際上幾乎都是以失敗告終……但他們深信，日本除此之外，沒有其他獲勝的方法。」

她用平淡的語氣陳述著，但當中明顯蘊含著悲傷、痛苦，以及憤怒。

「特攻隊員在接到出擊命令之後，沒有和家人道別的時間，立刻就要起飛，在南邊的海上犧牲……你能相信嗎？出擊命令是幾天前才發出來的喔？連回到故鄉，和家人或愛人見面都辦不到。只有遺書會送到家屬那裡，那個時候，他們已經不在人世了。這種事，不應該發生才對吧……。」

加納同學緩緩挪回視線，專注地看著我。

我不知道，有人居然能這樣直視他人的眼睛。

在窗外照進來的陽光映射下，她的眼眸呈現出琥珀般的色澤。

那雙眼睛，緩緩地震顫。也許是錯覺，她的眼睛邊緣染上了一點點紅。

我注意到她的淚水溢出了眼眶。這個瞬間。

「——不要哭。」

我幾乎是反射性的，握住加納同學的手。

在看見她落淚的瞬間，腦袋頓時一片空白，和我的意志無關，滿腦子都只剩下一個念頭

——別哭。

咻，我聽到她倒吸一口氣的聲音，霍地一下回過神。

光滑白皙的手。我握著她的手心幾乎要出汗。我慌忙鬆開手。

我的心跳快到幾乎要從嘴裡飛出來。

「……抱、抱歉。」

我啞著聲道歉，加納同學波浪鼓似的搖搖頭。

「你不用道歉。」

然後覺得有趣似的笑了。

「……我不會因為這種事突然哭出來啦。我看起來像快哭了嗎？」

「嗯……有一點。」

「沒事的。謝謝你。」

她露出笑容，讓我看她翻開的頁面。

「這本書把開始特攻作戰的前因後果寫得很好懂，也許可以統整這個。」

我聽到這話，才想起我們是因為要查特攻隊的相關資料才來圖書館的。

我從第一頁開始看她給我的書。的確是連沒有基礎知識的我都能理解的易懂文章。

這期間她拿了其他的書做筆記。我也簡單整理了幾個重要的大事記。

自習區除了我們之外，就只有三個穿著附近高中制服的男生和像是大學生的女生。

非常安靜。只聽得見翻書的聲音和自動筆筆芯觸碰紙面的聲音。

我不經意抬起眼，加納同學的臉離我意外近。

窗外投射進來的光照得她光彩耀人。又長又直的睫毛垂下，影子清晰地落在臉頰上。

她一臉專心地在筆記本上寫字。

沒有發呆的時間，我整理好心情。自己也得加油才行。不想讓加納同學失望。

我簡略的讀完第一本，大致整理完重點，便拿起下一本。

我不經意拿到的，是社會科參訪的目的地特攻資料館所出版的書籍。我翻開封面。

「……啊。」

刊載了出擊前的特攻隊員，大家穿著同樣的飛行裝，對著鏡頭微笑的照片。

第一張照片，是拿著櫻花樹枝露出明亮笑容的年輕隊員。照片下方則印著名字和年齡。

「十七歲……。」

騙人的吧，我想。十七歲，也才高中二年級而已。

我不由得抬起頭，看向坐在對面桌的高中男生三人組。

他們一邊湊在一起窸窸窣窣地講話，一邊看著其中一人手上的手機畫面。看起來像是在打遊戲還是做其他的事情。時不時會噗嗤笑出聲，小聲地笑成一團。

十七歲。大概跟那些人同年。特攻隊裡，有那麼年輕的人。這樣的事實，讓我深感震撼。

我們再三年也要十七歲了。三年後的我，能為了國家主動赴死嗎？

——不能。絕對不行。

可是，沒想到那才只是個開始。接下來每翻一頁展示出來的，全都是年輕的臉孔。幾乎都是二十歲上下。

放到今天，是迎接成人式的年紀。若是大學生的話就是二年級，連求職活動都還沒開始。可說是連接下來的人生，什麼都還沒有決定好的年紀。

為什麼，這麼年輕的人，必須要犧牲自己的生命去衝撞敵軍呢？

雖然不是說年紀大的人就可以這麼做，但是，做好去送死的心理準備而起飛的他們，居然這麼年輕，讓我啞口無言。

無法掩飾自己受到的衝擊，我繼續翻閱下去。

看完刊載照片的頁面後，接著是陳列他們遺物的照片。沒有什麼特別的，就是一些文具、筆記本、閱讀過的詩集和隨身物品。

比起這些東西有留下來的感動，更多的是覺得他們和我一樣，是過著普通生活的青少年。無法忍受。

接著出現的是行雲流水般的書法。是遺書。寫給家人的遺書。接到出擊命令後，在幾天內必定會死去時所寫的信。

吞了口口水，我開始閱讀。

討厭、恐怖、不想死。我想像會在某處出現這類字眼。

但是，沒有任何一個人寫這樣的話。大家的寫法反而像死亡就是一種榮耀、是件開心的事似的。

只是用毫不猶豫、直接了當的文字，列舉為了國家云云、為了天皇陛下云云、悠久的大義云云，這些我沒有共鳴、甚至無法理解的字眼。

然後，是對雙親養育自己的感謝，以及為自己的不孝道歉的話語。一如預期，也有人寫用衝撞敵軍來報答父母養育之恩一類，令人難以置信的內容。

明明就不是這樣的。明明就不會有因為子女死去而開心、以子女死去為榮的父母。一定是希望子女能活下去。

這種不知道該向誰訴說的感情，讓我深深垂下頭。我再也看不下去，便闔上書本。

忽然感覺到其他人的視線，一抬起眼，發現是加納同學盯著我看。

「……你看了遺書？」

「看了……怎麼說，很難受。」

「嗯……。」

她輕輕應聲，低下頭。

關於特攻隊，我當然聽過這個名字，也大概知道是什麼作戰模式。做好赴死的心理準備衝進敵陣，類似自爆恐攻而死去的人。

可是，因為看見了照片、遺物和遺書，覺得過去的一切忽然像是歷歷在目的現實般升起。

就像是電影或漫畫一樣，沒有現實感的故事。

但這無庸置疑的是事實。

日本到底在搞什麼？搞到要讓十幾二十歲的年輕人去死，到底是想要什麼。

太奇怪了。只能認為這是腦子有洞。

戰爭是種病。是種心病。

連人命應該遠比戰勝敵人，比名譽、土地或資源更重要這種理所當然的事情都不懂的病。

無意識間，我緊緊咬住嘴唇。嚐到鐵鏽般的血味。

*

不知不覺，我們已經埋頭查資料查了三個小時。

肚子好餓，我一邊想一邊若無其事地抬起頭，剛好加納同學也抬起眼。

「今天差不多就到這裡吧？」

「嗯……肚子有點餓了。」

她噗哧一笑，點點頭說「我也是」。

我們把看完的書放回書架，拿剩下的書到櫃檯辦了借出後，離開圖書館。

盛夏火辣辣的陽光，清楚照亮了整個街區。

我喜歡夏天。在操場練球的時候，被火辣的陽光照耀，有種像是被日光消毒、自己身體裡的汙穢和汗水一起從身體裡流出去的感覺。

「天氣真好。」

加納同學抬頭看向晴朗的天空，瞇起眼睛。然後「啊」的一聲伸出纖長的手指，指向天空中央。

「是飛機。」

我順著她的視線看去，發現橫切過晴空飛遠的機影。

「真的耶。」

被太陽光照耀閃著銀色光輝的機身，悠然自得地在廣闊的天空中翱翔。我忽然想起那個反覆夢見的夢。

那架飛機上，一定搭載著利用暑假去其他地方旅行的人吧？

呆呆看著天空好半晌的她忽然轉過頭來。

「午餐怎麼辦？」

被她歪著頭一問，我嚇了一跳。這時候，我該回答什麼才是正確答案啊？突然說『要一起吃嗎』，會不會讓她覺得不舒服？應該回答『我家有準備午餐所以我回家吃』嗎？該怎麼辦……。

就在我拚命思考的時候，她看了看周圍，然後指著附近的速食店說：

「那裡可以嗎？」

我嚇了一大跳，不由得用奇怪的聲音「欸」的喊出聲。

而後她一下子張大了眼睛，接著一臉困窘地小聲說「抱歉」。

「我擅自覺得要一起用餐……。」

「不不不，不是不是！」

我慌忙揮手。

「我才抱歉……不是這樣的。」

「咦？」

「……啊——那個——我是在想，可以跟我這種人吃飯嗎……？」

聽了我的話，加納同學怔了一下之後，呵呵笑了出來。

「什麼啊，只是吃個飯而已。」

我也笑著點頭說「也是」。

「不過，因為我是第一次跟女生單獨吃飯……所以有點驚訝。」

「嗯，我也是……。」

她垂下眉，用一種好像想到什麼、懷念著什麼似的不可思議的表情開口。聽見她的話，我開心到想跳起來的程度。

原來是這樣，加納同學也沒有跟男生單獨出遊的經驗啊。她一定不知道我因此有多開心。

我一邊想，一邊與她並肩而行，走進速食店大門。

「是說，加納同學真的對跟戰爭相關的事情好了解。」

我一邊拿著在櫃檯點的漢堡和薯條找空桌，一邊不經意地開口問。因為是週日的中午，位子幾乎都坐滿了。

「啊……嗯，這樣嗎？或許吧。」

跟在我身後的加納同學小聲地回答。

「莫非是妳祖父那一輩人經常跟妳聊戰爭的故事？小學的調查學習時，我也試著問過曾祖父，但他不想回想起當年的事，沒有跟我說什麼。戰爭時奶奶她們還是嬰兒，所以好像什麼都不記得了……啊，那裡有空位。」

發現朝道路方向的窗邊有空位，我回過頭，看見意料之外的表情，我嚇了一跳，把到嘴邊的話吞了回去。

加納同學，用快要哭出來的表情微笑著。

「欸……怎麼了，妳還好嗎？」

「啊，嗯。」

她一下子睜大眼睛，然後歪著頭笑著說「沒事，沒事」。

「我們家爺爺奶奶都不在身邊，曾祖母也已經過世了，所以沒有聽過他們說戰爭的故事就是了。」

雖然我很好奇她為什麼露出這種表情，不過因為她沒多久就像沒事般開始說話，所以我也只能很一般地「這樣啊」的應和。

我們在雙人座面對面坐下，沒想到距離這麼近，我沒辦法直視她。我裝得一副費力打開漢堡包裝紙的樣子，視線放在手上繼續說。

「因為加納同學講述的方式就像身歷其境似的，所以我想妳一定聽爺爺輩的人說過。」

「啊啊，嗯……雖然不是親戚，怎麼說呢，有個熟人……所以可能比大家多了解一點戰時的事情。」

是那個人告訴她戰時的事吧？

剛剛的那番話彷彿她親眼所見，感覺相當逼真，所以我想她應該是聽過很多次了？她最後像是在想什麼似的閉口不言，我也就隨之陷入沉默。

美麗的側臉看向窗外的人潮，輕咬著薄薄唇瓣的表情。究竟在想什麼呢？

小半晌後，她「啊」的一聲回過神來似的看向我。

「抱歉，我走神了。東西都冷掉了，開動吧。」

「啊，嗯，沒關係啦……我開動了。」

我一邊覺得剛剛接不了話的自己有點尷尬，一邊點頭。

加納同學張開她小小的嘴，努力咬著漢堡。吃得相當豪氣。我不由得笑出聲，她露出有點不好意思的表情。

「抱歉，我一點都不秀氣……。」

我沒想到她會這麼理解，所以我嚇一跳拚命搖頭。

「沒有這種事！抱歉讓妳誤會了，我反而覺得吃得津津有味的女孩子非常可愛喔。」

衝動之下，超害羞的台詞脫口而出。臉一下子熱起來。我慌忙喝了口可樂，拚命想壓下熱意，但徒勞無功。

她一瞬間睜大眼睛，然後像覺得有趣似的輕笑出聲，小聲地說「謝謝」。

我自暴自棄的大口吃漢堡，又有點擔心她會覺得我的吃相很奇怪。

我有生以來第一次知道，單獨跟女孩子兩個人一起吃飯是這麼緊張的事。和吃營養午餐完全不一樣。不，可能因為對象是加納同學的關係。

直視她吃飯的模樣感覺很害羞，但因為實在太在意了，所以最後還是偷偷盯著看。然後又擔心自己是不是吃得很醜，煩惱到不得了。

食不知味的吃完後，我們像是被擠出來似的從人潮洶湧的店裡出來。

我們一邊在人群中移動，一邊簡單分享今天查到的資料，想決定接下來的行程。

「要不要找家咖啡店還是家庭餐廳坐？」

「嗯——但是，現在到處都是人吧，不好意思久坐。」

「說得也是。那，去公園？」

加納同學指的方向，是百合之丘公園。

「啊，好耶。那裡應該有涼亭和長椅吧？」

「嗯。在那裡的話，也能攤開筆記本跟書來討論。」

「那，就去公園。」

雖然我一瞬間腦中浮現出是不是回圖書館的念頭，不過最終因輸給了和她兩個人去公園的誘惑而點了頭。

公園裡有許多攜家帶眷的人，人聲鼎沸，但可能是因為過了中午時間，所以桌子是空的。

我們各自交換筆記確認內容。

「這裡重複了耶。」

「加納同學的整理比較詳細好讀，就用那個。」

「這邊宮原同學整理得很清楚所以用這個喔。」

「這邊應該再多查一點資料比較好？」

「這樣的話那本書應該不錯。」

明明只是做探究學習而已，卻跟她說了這麼多的話、一起度過這麼長的時間，我開心不已，覺得自己詭異的飄飄然。希望加納同學沒有注意到。

討論到一個段落休息的時候，我忽然聞到甜甜的香味，抬起頭來。是隨風吹來的花香。

我左看右看，發現身後的矮樹叢中開著幾朵百合花。在濃綠中，全白的花朵看起來像在發光。

為了放鬆一直坐著而僵硬的身體，我走到那邊去。蹲下來聞花香的時候，聽見沙沙的腳步聲。我回頭一看，發現加納同學站在我背後。

她也蹲了下來，閉上眼湊近百合花。

「好香喔。」

我點頭說「對呀」。甜蜜而濃郁，和其他花卉的香氣都不同。

說來奇妙，我從小就喜歡這種花。模樣和香味都是。可能是因為經常出現在我夢中的緣故。

祖父母家的佛壇上也經常裝飾著白百合，每次去玩的時候都會盯著不放，更甚之湊上去聞香，近到鼻頭沾上花粉，爸媽傻眼的笑著這樣的我。

「這座山丘，以前到處都開著百合花喔。」

加納同學忽然小聲地說。

「欸，這樣啊？」

我歪歪頭表示疑惑。雖然現在也還是這一點那一點的開著，不過沒有這麼多。只在草地廣場周圍的小樹林和行人步道邊看見稀稀落落的模樣。

「以前是指妳小時候嗎？」

儘管看起來沒這麼新，可說不定這裡是最近幾年間建起來的公園，所以在這之前這裡有很多百合花的意思？但我開口一問後，她就搖了搖頭。

「不是，是幾十年前。」

「啊，這樣啊？」

她大概是在老照片或其他什麼地方見過這裡到處都開著百合花的樣子。我想像，那一定是宛如夢境般的美麗景色。

從小就反覆做過無數次的夢。在那個夢裡，也出現許多百合花盛放的景象。在閃耀的星空下，因被月光照耀而閃閃發亮的純白花朵。還有，背對我的女子。

在我呆呆地看著光滑的花瓣和鮮亮黃色花粉時，忽然有個「宮原同學？」這樣試探似的聲音響起。我回過神來。

抱歉，我看向旁邊，發現加納同學專注地看著我。用她現在也幾乎要把人吸進去似的澄澈眼睛。

「……你，想起什麼了嗎？」

聽她平靜地問，我「啊」的一聲站起來。

「對啊，我們才討論到一半。抱歉，我不小心離題了。回去繼續吧。」

即使我慌忙要回桌子那邊去，她還是蹲著抬頭看著我。她的臉上，不知道為什麼看起來快哭了，我嚇了一跳。

「……怎麼了？」

我再度蹲低問她。她迅速露出微笑，搖搖頭。

「……沒，沒什麼。沒事的。」

她說完後便俐落起身。就這樣緩緩朝之前坐的地方走去，所以我心裡懷著不可思議的感覺，追了上去。

我們再次面對戰爭資料。稍微平緩一點的心情，在閱讀書籍的過程中，變得像被緊緊揪住似的。

書上刊載著許多照片，每當看到因空襲而被燒死的屍體、戰死士兵遺照上的笑容時，我就被難以用言語形容的窒息感包圍。

加納同學有些茫然地盯著一張特攻飛機的照片看，而後突然小聲說出出人意料的話。

「……你相信轉生嗎？」

我抬起眼盯著她的臉。她的樣子不像是臨時起意的閒聊，而是相當認真的眼神。

我思考了一會，誠實地說「我不知道」。而後視線再回到書頁上。

明明沒有犯任何過錯，卻遭到突如其來的空襲烈焰焚身，失去幼小生命的孩子。一定還有許多的牽掛，卻為了國家主動犧牲生命赴死的年輕特攻隊員。

「雖然我不知道……可是我想，如果，這些人……因戰爭而死去的人，他們的魂魄若能在現在和平的日本轉世重生，過著安全且幸福的生活就好了……。」

儘管這可能是為了救贖倖存者心靈的虛構故事。但如果真有轉世，那麼於這一世悲慘死去的人，在來生或許就能幸福的生活。

就算是沒有根據的迷信，似乎也是一種救贖。

如果不這麼想，我不知道要怎麼去接受這麼多的荒謬和悲傷。

「……說的也是。」

加納同學平靜地說。又是那個幾乎要哭出來的表情。

我們都沉默了一會，看著自己的手。周圍樹林裡傳來蟬鳴聲。明明氣溫很高，但想到戰爭的種種，我全身發冷。

她盯著特攻隊遺書的照片看。壓著紙張邊緣的白皙指尖移動，描摹遺書中的文字。

我不由得追著看，發現她寫的是『謝謝您養育我至今』。應該是寫給雙親的信吧？

照片下面刊載了寄件人的姓名，旁邊寫著，享年十九歲。

還是十幾歲的年紀，被命令駕著滿載炸彈的特攻飛機衝入敵陣死去，然後給雙親寫最後的信時，他是什麼感受呢？

腦海浮現父親與母親的臉孔。下定決心為了國家去死，然後動筆寫遺書給親朋好友，我連想像都無法想像。光想都覺得頭暈目眩。

我能做到只感謝父母養我長大嗎？我能忍住不寫我討厭這種事、不想死、救救我嗎？如果是我，就算不進行特攻，我也無法忍耐被派往不知道何時會陣亡的戰地。戰時的年輕人，為什麼能夠接受這種待遇呢？

我一邊想一邊看，發現像在描摹遺書內容的加納同學停下指尖。

『無法報答您養育的大恩……』

大恩，纖細的手指再度撫觸這兩個字。

「……宮原同學，你有無法報答別人善意的經驗嗎？」

又是突如其來的疑問，我眨眨眼睛。

而後她突然嘆了口氣，接著垂下眼眸。像是在忍耐什麼痛苦、在後悔什麼事情似的，緊緊咬著唇。

「我曾遇過一些很照顧我的人。因為發生了一些事情，那時候我沒有地方住、什麼都沒有，但這些親切的人，不但照顧素未謀面的我，還讓我住在家裡、給我飯吃，理所當然地接受了我，對我真的很溫柔。」

沒有地方住，是怎麼回事啊？莫非是離家出走嗎？

「可是……。」

加納同學的聲音聽起來在顫抖。

「我已經……再也見不到那些人了。再也見不到他們了……什麼都無法報答，連謝謝都沒辦法好好說，就突然被迫分別。這件事，我一直記掛在心上，非常非常後悔……。」

似乎相當痛苦。

說不定那個溫柔待她的人已經過世了。無法回報蒙受的恩惠，也沒有表達感謝之意的時間，就突然無法再見。這多　痛心啊。

我也有過類似的經驗。在我小學六年級的時候。接到爺爺昏倒被救護車載走的消息，我跟爸媽三人急忙趕往醫院，但爺爺已經失去意識，插了許多管子昏迷不醒。就這樣再也沒有醒過來，一個禮拜後嚥下了最後一口氣。

我回想著最後一次見到爺爺是什麼時候呢？最後一次說的話是什麼呢？思來想去，還是想不起來。

爺爺倒下前不久剛好是我的生日，還收到了爺爺送的禮物，媽媽明明要我去道謝的，但我莫名覺得直接見面道謝很尷尬，所以就用電話簡單表達。接電話的是奶奶，雖然奶奶說爺爺馬上就回來了，我卻說『我下次再打』便掛了電話。

在爺爺的守靈夜時，我想到這件事，覺得非常非常後悔。明明想要去見爺爺的話隨時都可以去、要去幾次都可以的，卻總是因為作業或踢球等原因延後。我想都沒想過會再也見不到面，我原本以為爺爺會更長壽的。想不到他會過世得那麼突然。

回想起那時候痛苦的感覺，我膝上的手握成拳，緊咬著唇。

我想加納同學一定也有同樣的感受。那種，每次想起就窒息想吐的後悔感。

我想安慰她、鼓勵她，腦子飛快思考，拚命找有沒有適合的話。然後，我想起那句讓我從沮喪的情緒中走出來的某句話。

「……這是我之前學校的社團老師告訴我的。」

她抬起頭，露出有點訝異的表情。我發現這聽起來像是我突然開始說完全不同的話題，急忙繼續解釋下去。

「有個詞叫『予人以恩』。」

「予人以恩？不是報恩？」

她好奇的歪頭。我點頭說「對」。

當我因爺爺這麼疼愛我，我卻沒辦法報答他而後悔不已時，老師告訴了我這句話。他說，『所謂的報恩，不只是針對當事人而已，也可以用送給別人來當作報答』。

「得到了別人給予的恩惠，然後接著送給下一個人的意思。」

「送給下一個人……？」

「對。把得到的恩惠，接著送出去。」

為了讓她更容易理解，我做右手收到，左手送出的動作給她看。

「報恩是報恩，予人以恩是予人以恩。」

予人以恩，她反覆地說。像是確認，也像是吟味。

我不知不覺中微笑起來。

「妳不覺得是很棒的詞嗎？我第一次聽到的時候超感激的。從其他人那裡得到的善意，再傳遞給另外一個人。用自己被善待的經驗去善待別人。這麼做若能成為一個予人以恩的循環，我想世界一定會逐漸變得更美好吧，就開心起來。」

加納同學一邊緩緩眨眼，一邊專注的看著我，雖然有點害羞，但我想現在絕對不能別開目光。

「所以我從那之後就覺得，當然必須好好的報恩，不過也要予人以恩。萬一不能報恩的話，就努力把這份恩情送出去。」

例如在街上擦身而過的人撿起我掉落的東西還給我的時候。當然會道謝，可是因為是陌生人，我沒有辦法報恩。所以，如果我看到其他人掉的東西，絕對不會視而不見，而是會把東西交給本人或送到警察局。騎自行車時，要是有車讓路給我，我同樣也會讓路給其他人。

要是大家都這樣予人以恩的話，這個世界一定會變得更和平、善良、溫暖。

「我想，那些親切對待加納同學的人，並不是希望妳報恩才對妳好，而是沒有辦法放著眼前有困難的女孩不管，單純只是想要幫助加納同學而已。」

她像是連眨眼都忘記了似的，大大的眼睛張得更開。然後響起囁嚅般說「可能是吧」的聲音。

「所以，那些人一定沒想著『要還我』喔，付出就覺得滿足，我想。所以加納同學應該可以滿懷感激的接受，然後送給其他有困難的人。」

淚珠突然從她的眼眶中滴滴滾落。她的臉皺成一團，哭得像個孩子。

我嚇了一跳，「欸」一聲站了起來，慌忙繞到她身邊，但不知該怎麼辦才好，只能不知所措。

「欸、欸、加納同學，妳還好嗎!?抱歉，是我不小心說了傷人的話嗎？對不起，我真的完全沒想要這麼做……。」

「不，不是這樣的……。」

她不住地搖頭。

「我非常開心……鬆了口氣，眼淚就……。」

她用帶淚的聲音，斷斷續續地說。知道自己沒有傷害她，我放下了心。

「予人以恩真的是很棒的想法耶。我，接下來，會把沒辦法報答他們的份，拿去善待其他人……努力成為一個溫柔的人。」

「……我覺得加納同學已經非常溫柔了……。」

我回想著花瓶事件說。

「我覺得加納同學非常溫柔、直率、有勇氣，是個很厲害的人。」

她一邊雙手拭淚，一邊不住地搖頭。

「完全……完全不是這樣的。我非常自私、彆扭、只會撒嬌。後來多虧了那些人，我才能發現自己的缺點，努力想改變。」

加納同學用她稍微止住淚水的眼望向天空。

今天也是晴空萬里。像要把什麼吸進去似的藍，以及這裡一塊、那裡一塊的清新純白。

她總是看著天空。在學校是，在校外也是。我想她應該很喜歡藍天？當她仰望天空時，總是在想著什麼呢？

加納同學小聲地說「我啊」。

「以前……我想過自己什麼時候死都無所謂。」

我不由得倒抽一口氣。完全沒想過她居然有過這麼莽撞的想法。

她一下子看向自己手邊。那些七十年前因荒謬的理由而死的人們照片。

「但是，知道了戰爭的種種……知道了有很多想活卻不能活的人之後，就不這麼想了。為了能成為不讓教會我這個道理的人們失望的人，我決定接下來要努力。」

嗯，我點點頭。

「是啊，是啊……。」

我沒辦法好好地用言語表達。可是，我再次切身感受到，自己能這樣無憂無慮生活，真的很幸運。

然後，我也覺得為了不讓應該在天國守護著我的爺爺失望，自己非得努力不可。

在我們繼續專心做了兩個小時左右的事情之後，太陽下山了。

「之後的下次再做吧。」

已經很晚了，她說，闔上了筆記本。

看見筆記本封面上寫著『加納百合』，還想跟她說說話的我，忍不住開口問。

「妳的名字，讀ㄅㄞˇ ㄏㄜˊ對嗎？」

雖然曾在班級名單上看過她的全名，但沒有連讀音一起標記，所以我一直很好奇。

聽到我的話，加納同學忽然抬起頭來。然後稍微瞇起眼睛。

「嗯，百合花的百合。」

「很美的名字呢。」

無意識地說出口後，才驚覺自己好像說了什麼不恰當的話，瞬間尷尬起來。

她有點驚訝地雙眼圓睜，直直看著我。接著緩緩揚起嘴角。

「……謝謝。我也很喜歡，這個名字。」

我一邊因她的笑容而心臟狂跳，一邊「嗯」地點點頭。因尷尬而困窘，我別開眼去。

「宮原同學的名字，是讀ㄌㄧˊㄤ對嗎？我聽過足球社的同學喊過你。」

看著我筆記本的加納同學，像是確認似地低聲說。我點點頭。

「很棒的名字，非常適合宮原同學。」

「欸，是嗎？」

「嗯。怎麼說，有爽朗又平穩的感覺。」

加納同學燦然一笑。我也一邊害羞地笑著，一邊點頭說「謝謝」。

我以前想都沒想過，能有一天像這樣和她笑著聊天。

想到這裡，我忽然發現。

我從來沒在學校裡聽過有人喊她的名字。即使是和最常說話的女孩子交談，彼此也都只以姓氏稱呼。

可是，這樣，好寂寞啊。明明有這麼棒的名字。明明加納同學自己也很喜歡這個名字的。

好可惜。

一思及此，我幾乎是反射性的開口。

「——我可以叫妳百合嗎？」

話一出口，我就覺得糟了。太突然、太沒有鋪墊、太厚臉皮，糟到不行。

我一邊自暴自棄，一邊戰戰兢兢地看著加納同學。一如預期，她一臉驚呆的樣子。

「……真的很抱歉，我突然說了奇怪的話……。」

我盡力道歉後，她波浪鼓似的搖頭。

「不，並不奇怪喔，反而呢，嗯——那個……。」

話說到這裡她停了下來，左顧右盼。然後有點尷尬的看著我。

「……很開心喔。直呼我名字的，只有我媽……。」

太好啦，我幾乎要歡呼起來。不過要忍耐，我輕咳一聲。

「……那個——百合……同學。」

我這麼稱呼她的瞬間，她「欸」一聲喊出來。

「哎，好害羞喔，不要加稱謂……。」

她臉頰染上著一點點紅，困窘的視線游移。我是第一次看見加納同學露出這種表情。

「那……百合小姐？」

我小聲地說，她睜大眼睛看著我。然後以手掩口，輕輕噗哧一笑。

「呵呵，什麼呀，好奇怪喔，明明是同學，卻加上小姐的稱呼……沒關係，就直接喊名字吧。」

「這、這樣啊……。」

直呼其名。百合，我在心中試著這麼喊。是種奇怪的感覺，心癢癢的。

我不是第一次直呼女孩子的名字。因為讀幼稚園時，我都直呼同班女孩子的名字。

但是，為什麼？稱呼她百合會這麼害羞？

「那……我也可以直呼你的名字嗎？」

加納同學——百合如是說。

我點點頭。擔心自己是不是臉紅了。

「那，涼……同學。」

這次換我聽了之後噴笑出聲。

「不對，這時應該叫涼吧？請妳比照辦理啊。」

她也輕笑著說「也是」。

這種感覺，是什麼？幸福？我想用這個陌生的詞語。

糟了，我絕對不想讓足球社的那些傢伙看到我現在這張臉。一定傻兮兮的笑得很噁心。

＊

漫長的一天結束，我被溫暖而昂揚的感覺包覆著，爛睡如泥。

回過神時，我躺在開滿百合花的山丘上仰望星空。

又是那個夢，我想。

但是，和平常的夢境有些不同。

第一次有這種感覺。胸口疼痛，難以呼吸。

我覺得臉頰冰冰的用手一摸，發現是溼的。

我，為什麼會哭呢？

和我驚訝的心情相反，我嘴裡說出這樣的話語。

『如果不是這樣的時代……』

『轉世重生的話，我們就在一起吧？』

『我絕對，會再次找到妳……』

我一邊靜靜流淚，一邊低聲說出宛如電影台詞的話語。

——夢醒後，我不由得疑惑。

我為什麼會做這樣的夢？是因為讀了戰爭的資料還是特攻隊員的遺書？

所謂的『妳』究竟是誰？是總在夢裡出現的長髮女孩嗎？

但是，為什麼我腦中會浮現出百合的臉？

明知應該不可能，但不知道為什麼，我總覺得好像很久以前就認識她，一直在找她。

祕密的約定

兩人去圖書館的那天，我們在分別時交換了ＬＩＮＥ的帳號。

即便目的是比較方便繼續進行研究學習，但能和百合聯絡，我真的很高興。

第二天，我就抱著像在足球比賽場上踢到ＰＫ似的心情，鼓勵自己，用緊張到發抖的手指，送出鄭重到有點怪的〈昨天辛苦了〉的語句。

所以當她回覆〈辛苦了，昨天很開心喔〉的時候，我不由得小小聲喊了耶。甚至擺出勝利姿勢。

百合是個直率且從不說謊的人。她一定是真的覺得很開心。

〈我也超開心的。謝謝〉

從這之後，我們開始時不時地互相發送訊息。

不過我並不擅長和人頻繁的對話，她也不像普通的女孩子那樣什麼大小事都能發訊息，所以話題大多都是探究學習的內容。

但，漸漸地，對話中開始加上一些閒聊的語句。

〈社團活動辛苦啦〉

〈今天也好熱喔〉

〈作業寫得怎麼樣？〉

〈完全沒有進度〉

〈我也是。為了逃避現實所以早早吃了晚餐〉

〈晚餐吃什麼？〉

〈吃咖哩喔〉

〈我家也是！〉

雖然是普通的對話，但我真的很開心，很害羞，但還是很開心，每次收到百合送出的訊息都會傻笑。

面對面直呼對方名字既尷尬又困難，但若是用文字送出的話就沒有這麼難。

不久，我就沒有什麼掙扎地習慣喊她百合、也習慣被她喊涼了。

我覺得我們之間的距離，雖然緩慢，但確實在縮短。

*

「涼，午餐好囉——。」

聽到媽媽喊我的聲音，我回答「我馬上去」。

我放下正在做的作業，離開書桌。

突然看見放在門邊的球，我的身體有一種刺痛似的感覺。社團活動今天和明天休息。

雖然其他的社員高興地說『去唱卡拉ＯＫ吧』，但我不喜歡沒有社團活動的日子。

兩天不能踢球讓我很不安。就算只休息一天，我也會因覺得體力會衰退、技術方面會跟不上而不安，遑論休息兩天。

再加上和之前國中的老師不同，現在的社團指導老師是沒踢過足球的人，練習時也沒辦法給予什麼指導。雖然無可奈何，但他總是因為輔導學生相關的工作出差，就算是暑假期間，社團活動也常休息。

可能是受此影響，社員們也不是很認真。有種參加把縣大賽當作是異想天開，從一開始就放棄了的感覺。

我覺得再這樣下去，我會越來越差。不喜歡這樣。

我還是想加入俱樂部球隊。搬家以來一直存在於心中的念頭膨脹開來。

當決定要轉學時，我立刻在網路上查了新居住地的隊伍。但媽媽對我說『我之前就想講了，你既然有社團活動，就不用去俱樂部球隊了對吧？都沒有週末了』。

我最後妥協了，不過還是想和爸媽商量看看。吃完午飯後，我就去平常的河濱道路，盡興踢球吧。

我一邊這麼想，一邊走進餐廳。

和媽媽兩個人吃完中華涼麵後，我在客廳的沙發上坐了一會，漫不經心地看著我沒什麼興趣的軟性談話節目。

這個時候，放在我短褲口袋裡的手機輕輕震動了一下。我一看，是百合傳來的訊息。

〈早安。今天天氣真好〉

我輕笑出聲，回覆：

〈妳剛起床嗎？已經過中午囉〉

百合立刻回我：

〈有什麼關係，難得的假期啊〉

我有種新發現到平時一絲不苟的百合也會賴床的感覺，覺得很開心。

我回覆〈我今天社團活動也休息〉，在LINE上聊了一會。

〈是說，雖然有點晚了，但涼你的個人資料照片真的好漂亮喔〉

百合突然這麼說。太好啦她注意到啦！我不由得想彈指。

我用的照片，是之前住的城鎮附近的海景照。和朋友一起去游泳時拍的。是個陽光晴好的夏日，海面和天空都是美麗的藍，所以我拍了第一張風景照片。

我很喜歡這張照片，之後就一直當成個人資料照片。但是，百合是第一個告訴我對這照片感想的人。

〈謝謝。這是我以前住的地方那邊的海。很高興妳注意到它〉

〈這樣啊。真的很漂亮，好美喔〉

〈妳喜歡海嗎？〉

〈嗯，喜歡，更確切的說是憧憬吧。因為我沒見過海〉

「咦」，我不由得驚訝地一喊。

媽媽停下正在洗碗的動作問我「你在說什麼？」，我回媽媽「沒事！」後，急忙回訊息。

〈妳沒去過海邊？〉

〈沒有呀。只有在照片或電視上看過〉

的確，這一帶不靠海。要是不跑遠一點，應該是沒有辦法親眼看到大海的。

說起來，她說過她家是單親家庭，母親沒日沒夜的工作。說不定沒有到其他地方玩的時間。

〈現在可以通電話嗎？〉

某個想法浮現在我腦海中，我一邊因此緊張不已，一邊送出訊息。她立刻回我〈可以喔〉。

糟了，我爆炸緊張。像足球比賽開打之前一樣。

我迅速走出客廳，回到自己房間。然後深呼吸一大口氣，按下一次都沒打過的電話號碼。

『……喂？』

百合的聲音就在我耳邊響起。

我的心臟像要衝破胸腔似的激烈跳動，發出砰砰砰砰的聲音。我拚命裝作冷靜，說「喂，我是涼。」。

『我是百合。怎麼了？』

為什麼透過電話，聲音聽起來會跟平常不一樣啊？她耳語似的說話聲音，讓我覺得癢癢的。

「那個，抱歉，突然打電話給妳。」

『沒關係，小事。有什麼急事嗎？』

「不是，那個……。」

我覺得自己迴盪在房間裡的聲音顫抖到可憐，無法平靜。但是，我非說不可。這是我人生中最大的單場淘汰賽。

我再次深呼吸一口氣，開口。

「……要不要，一起去海邊？」

不小心用了像是在對陌生人似的說話方式。因為，我真的非常緊張。

百合嚇了一跳似的『欸』一聲。

「要不要去我以前住的城鎮，一起去看海？」

我再次深呼吸後繼續說下去。她沒有回答。我冷汗直冒。

啊啊，失敗了，是我太冒進了……就在我要垂頭喪氣起來之前，她回答『什麼時候？』。

她乾脆的答應了我，我又驚又喜，緊張的表情放鬆下來。

「啊，什麼時候都可以……。」

『那……今天？』

今天。我忍不住想笑。這麼想去海邊嗎？

「不，距離有點遠，所以要花一整天的時間。現在出發的話回來大概要半夜了……如果百合時間上方便的話，明天去怎麼樣？」

剛剛軟性談話節目中的天氣預報，說明天是晴天。是適合去海邊的天氣。

百合發出開心的笑聲，然後低聲說『啊，但是』。

『你不是有社團活動？』

「啊啊，因為老師出差，今天和明天休息。所以看百合的時間。」

『這樣啊。嗯，完全沒問題喔。我想去。幾點在哪裡集合呢？九點左右在車站見面可以嗎？』

我是第一次見到百合這麼快速連續地說話。一想到她這麼期待，就開心的笑了，緊張的表情忍不住放鬆下來。

「嗯，可以。搭電車要坐三個小時左右，要做好心理準備喔？」

『沒問題。我都不知道，只要花三個小時就能見到海……。』

她深有感觸地低語。

這什麼呀……好可愛。我是第一次有這種感覺。

並不是外表看起來可愛的意思，當然她長得也很可愛。該怎麼說呢……雖然我沒辦法好好用言語表達，但應該可以說是心很可愛吧。

我從沒對女孩子有過這樣的想法。

我一邊對這陌生的奇妙感覺感到困惑，一邊說「那，明天見」後掛上電話。

掛上約好下次見面的電話，是這麼興奮期待的嗎？

我想著明天該穿什麼好，打開衣櫃的門。

＊

講完電話後，我沿著平常去的河濱道路慢跑，在河床上踢球，不知不覺過了四個小時。

夏季午後的河邊很熱，我流了大把的汗。覺得再練下去可能會昏倒，便停止了練習。

我一邊看著已經開始染成淺淺橘色的西邊天空，一邊沿著來時路回去，一回到家，媽媽從廚房探出頭來朝我招手。

「回來啦，涼。」

「我回來了。怎麼了？」

「嗯……吶，涼，你又去踢球了？」

「欸？嗯，是啊。」

我愣愣地點頭後，媽媽有點困擾的低下眉頭，移開視線，然後再看向我。

「你還真的只知道踢球……至少沒有社團活動的日子，待在家念念書吧。」

這是第一次有人對我說這種話，我嚇了一跳，看著媽媽。

「咦……？我有好好在寫作業啊。」

「那是作業。但你明年就是考生了吧？只寫作業是不夠的，不是嗎？」

突然在講什麼啊。

我不知道到底怎麼回事，皺起眉頭回問「什麼意思？」。

媽媽說「坐下來，聊一會吧」，就在餐桌旁的椅子上坐了下來，我也在媽媽對面落座。

「那個……我跟你爸談過了。」

「嗯。」

「還有，我在打工地點認識了孩子跟涼同年級的其他媽媽們，也和她們聊過……身為一個母親，要考量的事很多啊……。」

不知為何，媽媽話說得模糊不清的模樣讓我感到不安。「說什麼？」我催著媽媽說下去後，媽媽放棄似的開始說。

「吶，涼。你明年就要考升學考試了吧？升上三年級才開始準備升學考就太晚了，大家都是二年級時的夏天開始的。」

「……欸？」

「一問，說以這邊的升學學校為目標的孩子們幾乎都有補習，也有參加今年的暑期班。你學校裡的朋友應該也都是這樣。涼也去補習班比較好吧？」

事情來得太突然，我說不出話來，回望著媽媽。

「媽媽打電話問過其他媽媽介紹的補習班了。他們說現在也可以參加暑期班。一個禮拜只有三天，早上開始到傍晚六點。那個，涼，要不要去上上看？」

我用一片混亂的腦袋，反覆思考媽媽說的話。

升學、考試、補習班、暑期班。不管是哪一個，都是我過去從未認真思考過的字眼。

的確，足球社的社員裡，也有因為要去補習班而早退，或是一週只參加三次社團活動的人，還有一些為了去很遠的升學補習班而退社的人。所以我想應該就是這麼回事。

可是，我沒想過這會跟我有關。

這些事情來得太突然，我跟不上理解的速度。

我只知道，這走向並不好。我有種腦海中某個地方閃著危險訊號的感覺。

「……等、等一下。我、我沒辦法想這些。因為，我要練習足球啊。如果我從早到晚都去補習的話，不就不能去社團活動了嗎？」

我沒從想過要去補習。因為我想盡可能多踢一天、甚至一小時的足球。單是一天沒碰球都讓我不放心，一週有三天不能去社團活動，光想都覺得崩潰。

「……我沒打算考升學學校，所以也不用去補習。」

媽媽眉毛微揚。

「你說不想去升學學校，那，是打算高中畢業就去工作？」

「……嗯，應該說……。」

我用力吞了口口水。

我從沒有跟父母親提過。但是——因為百合聽我說還沒有笑我。所以，我想我現在應該能說出口。

「……我想成為職業選手。職業的足球選手。高中畢業之後，努力加入某個球隊，或是考足球績優學校，總有一天——。」

「你在說什麼！」

尖叫般的聲音突然打斷了我的話。我嚇得把話吞了回去，盯著媽媽看。

媽媽像是要讓自己冷靜下來，深呼吸了幾次，然後手扶著額頭嘆氣。

「……說什麼夢話。只有極少數被選上的人才能成為職業選手喔？光顧著踢球，要是不能成為職業選手的話你打算怎麼辦？涼的成績不差，所以如果好好去補習班讀書，考進升學學校，然後再考到一個好大學就能安心了不是嗎？把足球當興趣就好了。」

我氣得血液直往腦袋上衝。

興趣？我想大叫妳到底在說什麼？

對我來說，足球不是興趣。而是認真在踢的。不是打發閒暇時間隨便玩玩這種輕鬆簡單的東西。我沒辦法想像沒有足球的生活，沒有足球的我就不是真正的我。所以我每天都練到筋疲力盡。

就在我想開口反駁時，響起玄關大門開門的聲音，是爸爸回來了。

「我回來了。」

「……歡迎回家。」

走進客廳的爸爸，看到表情僵硬著面對面的媽媽和我，似乎已經明白我們在說什麼了。

「是那件事嗎？」

「嗯嗯……。」

「這樣啊。」

爸爸點點頭，在媽媽身旁坐下。一邊鬆開領帶，一邊開口喊「涼」。我靜靜地看著爸爸。

「你應該聽說了補習班的事。總之去試著上上看暑期班，要是覺得那個補習班不好，也可以從下學期開始去別的補習班。」

聽到這麼果斷的語氣，我不由得站了起來。

「等一下，我一個字都沒說我要去……。」

爸爸的臉色沉了下來。

「暑假結束前有一個大型比賽。我現在正在拚命練習……要是減少練球時間的話，我會踢得越來越差啊。」

「……你這樣光顧著踢球，將來打算做什麼？」

「剛剛有跟媽媽說……我以後想當職業選手。所以……。」

「你以為職業選手想當就能當嗎！」

爸爸突然破口大罵。我囿於壓力，不再說下去。

「社會沒有你想像中那麼單純。空有夢想，但沒有學歷、證照、技術，連份像樣的工作都找不到，最後只能淪落到社會底層的傢伙多的是。你也想變成那樣？」

那種事不用說我也知道。要成為職業選手非常辛苦。光有天賦還不夠，實力、運氣全部兼備的人才能成功。這一點我比爸爸媽媽清楚多了。

即使如此，我還是想靠足球養活自己。雖然可能是個很瘋狂的夢想，但有夢想又有什麼錯呢？

我想起百合說的話。

『能有夢想，有未來的夢想，是很幸福的事情。』

『如果日本不像現在這樣——例如，是個正在戰爭當中的國家的話……孩子沒有做夢的權利，為了活下去拚盡全力，連思考未來夢想的時間都沒有……所以，我覺得能理所當然地說自己有夢想，真的非常幸福。』

是的。能有夢想是我們的特權。是非常幸運的事。

世上還有許多連夢想都不敢有的孩子。正因如此，有夢想的我們，更該為了實踐夢想，不放棄的持續努力。透過這樣做，總有一天一定能讓其他人看見自己夢想成真的模樣。就像我最喜歡的選手給了我夢想和力量一樣。

當然，我不知道自己有沒有那個能力，能不能成為職業選手，但是……。

「……我想踢足球。當然還不知道能不能成為職業選手，不過如果現在放棄，就絕無可能了。但如果繼續努力，說不定就能夠成為職業球員。即便是一分鐘、一小時也好，我想多練球。所以——我不要……去補習班。」

我直接了當地抬起頭，緩緩交替著望向爸媽。

「爸爸，媽媽，拜託你們。請給我踢足球的時間。我不想在不知道自己到底做不做得到的時候就輕易放棄夢想。我不想長大之後才在那邊後悔……因為我想加倍的練習，變得越來越好……所以，拜託你們。」

我把雙手放在桌上，低下了頭。我是第一次對父母親這麼做。

客廳一片沉默。只有牆上時鐘滴答、滴答移動的聲音。

媽媽緊皺著眉頭咬著唇，一直盯著我看。爸爸唉的嘆了一口氣。

「……吶，涼。我們不是說叫你放棄夢想。我知道你很努力……但是啊，爸爸很擔心你、擔心你的未來。要是只想著踢球，那失去足球的時候，你怎麼辦呢？你沒辦法自己一個人在這麼嚴苛的世界裡生存下去吧？所以，我們說的是當作退路，準備一條能好好成為普通社會人士的道路。」

爸爸似乎是想說服我才這麼說，可我無法接受。

「退路是什麼……為什麼在挑戰之前，就必須考慮退路？以逃走為前提去思考的話絕對無法成功，動機也會變得薄弱。所以，要堵住退路，必須拚盡自己的一切去努力才對。」

這是我憧憬的運動選手說過的話。

要是一開始就想著要逃的話，便會磨滅對努力的渴望。因為人類是弱小的動物，如果扛不住被逼到死角的痛苦，就會有無論如何都想逃跑的時候。所以，必須要堵住退路。一旦自己只有這條路能走，就必須只看著前方，不管兩邊，全心全意去挑戰不可。

我被這些話深深打動。

從那時候起，我就決定不放任自己，不想著要逃走，打算把所有的精力集中在足球上。

我拚命地想把自己的想法、自己的感受傳達出去。

可是，爸爸和媽媽的表情卻沒有任何變化。

「只做自己喜歡做的事情或許很開心，但就算一直撿好聽話說，現實還是很嚴苛的。只做自己想做的事情，是沒辦法活下去的喔。你已經是國中生了，至少知道這些吧？」

「是啊，涼。爸爸媽媽不會害你，我們是為了你好才這樣說的。」

——為了你好。

真是狡猾的話，我想。父母這麼說的時候……小孩子什麼都無法反駁。

「……我知道了。」

我連嘆氣都嘆不出來，感覺就像有把刀刺在自己心尖上。

「我去就好了吧？但是，我絕對不會放棄足球。」

我低聲說完後，媽媽便開心地笑了。

「那，我明天就趕快去申請補習班。」

我一句話都沒回，只默默地回到了自己的房間。

某個夏天的故事

「早安。」

百合見到等在車站裡的我時，驚訝地張大了眼睛。

「怎麼回事，涼……臉色好難看。」

「沒事，嗯……昨天晚上，有點睡不著。」

「這樣啊？你沒事吧？身體有沒有不舒服？」

若這時候乾脆的說『不，我很期待今天』的話還滿帥的，但還沒從昨晚的打擊裡恢復的我，只能含糊地全盤托出。

「不，我身體很好。只是，跟父母稍微吵了一架，更確切的說，是吵了也沒用……。」

「咦？」

「講了很多關於足球的事情，怎麼說，不是沮喪，是想了很多事情所以睡不著……。」

百合抬頭專注的看著我。我硬是擠出一個笑指向車站閘門口：

「……總之，先進去吧。」

她回答「啊，嗯，對」，從包包裡拿出錢包。

由於時間還早，因此車上比較空。接下來的三個小時，我們要坐電車一路晃過去。

我們默默地並肩而坐，看著對面窗外的景色。

「……如果不想說的話也沒關係。」

百合突然開口。

「不介意的話，要不要聊聊發生了什麼事？那個，如果能讓你好過一點的話……如果不想說，也可以什麼都不說。」

看得出來她不擅長但還是在關心我，我的心癢癢的。

「不，嗯……如果妳願意聽的話，我很高興。」

我說，把昨天發生的事情簡單說了一遍。

她什麼都沒說，只是一邊看著窗外掠過的風景一邊聽。

「……原來如此，是這樣啊。」

百合稍微瞇起眼睛，仍然看著窗外。

乘客幾乎都在剛剛停的大站下車了，車裡空蕩蕩的。只有最裡面位置上有個看起來像是大學生的男子，掛著耳機聽音樂睡得很沉。

被早晨陽光照耀的靜謐空間裡，只迴盪著電車匡噹、空咚的聲音。

「……那麼，你是怎麼回答的？」

「欸？」

「令尊令堂要你去補習班，你是怎麼回答的呢？」

「……我雖然一再反駁，但爸媽卻完全不能理解。所以，最後我才放棄，說夠了，知道了我去……。」

百合忽然看向我。她的臉上，浮現出一種難以形容的複雜神色。

「……為什麼？」

她小聲地說。

「為什麼，這麼說？因為，涼你不是要成為足球選手嗎？要是去補習，練習時間就會逐漸減少喔。」

這番宛如看透我心的話，讓我睜大眼睛。

「真的可以嗎？這樣下去。對現在的涼而言，有比起補習班、比起準備升學考更重要的事不是嗎？」

深深刺進我心中的尖銳話語。痛得不得了，我不由得低下頭。

「……因為，沒辦法啊。是爸媽說的。無論我怎麼要求都行不通……像根本就不聽我說一樣。」

我變成可悲、找藉口的語氣。

「對我而言，比起讀書，我更想練足球。但是，我也懂爸媽想說的、擔心我的心情……所以，我沒辦法。只能努力兩邊都去做。」

我一點一點說下去時，我聽見一直默默聽著的百合突然小聲說「這算什麼」。我一下子抬起頭看旁邊。她緊緊地咬著唇。

「……所謂的沒辦法，是什麼？為什麼這麼說？」

銳利的眼神，毫不留情地刺穿我。

我倒抽一口氣，回望百合。

「沒辦法只是藉口而已。不要找這種藉口……涼是這麼努力的在踢足球不是嗎？想要成為職業選手不是嗎？既然如此，現在被逼著去補習班，把時間花在準備升學考試上，真的可以嗎？這樣可以嗎？不會有一天後悔，覺得要是那時候多練習就好了嗎……？」

我第一次聽見平時沉默寡言的她一口氣滔滔不絕地說話。

「能夠擁有夢想，能夠拚命去實現它，是非常神奇的事情喔。因為我們生在現在的日本，所以能全心投入在自己喜歡的事物當中。以前的人、生活在戰爭時期的人，不得不放棄所有的夢想和希望。不能做任何自己喜歡的、想做的事情，只能想著要怎麼活下去。然後，還用一句『因為是沒辦法的事』接受這些悲慘而痛苦的狀況。沒有食物、沒有衣服……連失去重要的人的時候也是。」

百合痛苦地皺起眉。

她非常激動，我什麼都說不出口，只聽她說。

「……所以，我們——能生在和平國家、和平時代的我們，不可以說反正不可能、無可奈何這種話。代替那些只能放棄一切的人，我們不能放棄任何事情……。」

說完之後，百合輕輕吐了一口氣。

她連呼吸都忘了似的，拚命想告訴我。

直接到會痛的話語。說這些話的她一定也會痛吧。

所以，不管有多痛，我都必須正面接受它。

「……涼。不可以，不要放棄。在他們接受之前，你可以多把自己的想法告訴他們。不是單方面一廂情願地拚命講，而是努力思考要怎樣才能好好溝通、得到他們的理解。也可以用行動表達自己的感受。涼的努力，我相信令尊、令堂一定是最清楚的。所以，他們一定有一天，會懂的喔……。」

我緊抿著唇，連連點頭。

「是啊。因為這種事情放棄，實在太傻了……。」

聽著百合的話，我有種披在身上的鎧甲一件一件剝落，露出赤裸裸自己的感覺。自己真正的希望，不能退讓的夢想。

嘴裡說著希望對方能懂，但受到一點點否定就忍受不了，覺得解釋和得到對方理解都很麻煩，蒙住自己的眼睛。

「……我，在想什麼啊。明明這麼喜歡足球，為什麼這麼輕易就放棄了呢？今天回家以後，我會再和爸媽談一次。如果我在練習結束後能好好自己讀書的話，他們應該能理解吧。如果不能理解，我就好好做出個成果讓他們看。」

百合總是給我勇氣。

如果是過去的我，一定會毫不反駁立刻放棄，照著父母親說的去做。所謂的『因為是爸媽說的，沒辦法』。

轉學的時候也是這樣。其實我本來是希望暑假能待在舊家的，但最終什麼都沒有說就接受了，畢竟反抗也沒有用。

但是，就算我的願望最後無法實現，要是至少鼓起一次勇氣，表達自己的感受就好了。打從一開始就放棄，只會忍耐的自己真的很丟臉，對自己很失望。

啊，不過，我現在覺得轉學的結果是好的。因為，我遇見了百合。一天也好，我想早一點遇見她。

她改變了我。百合的凜然、堅強與直率，讓我覺得我必須改變。給了我往前邁出一步的勇氣。

「——慘了，已經……。」

我低下頭，用雙手捂住臉。我擠出話語來似的低聲說。身體軟軟的靠在椅背上。

我感覺百合像是沒聽清似的，歪著頭說「嗯？」。

我從指縫間看著她。

然後，回過神時，我說了這句話。

「超級喜歡……。」

「……欸？」

「已經，超級喜歡妳了……。」

她睜圓了眼睛看著我。

過了小半晌，或許是一下子聽懂了我話裡的意思，百合倒抽了一口氣。

白皙的臉頰，變得越來越紅。

我第一次看見總是冷靜的她露出這種表情，連我都緊張起來。

但我注意到她的表情逐漸改變，這次換我倒吸一口氣。她的眼睛微微闔起，眉毛下垂，嘴角扭曲，看起來像快哭出來似的。

我腦袋一片空白。不知道該說什麼才好。

我們就這樣沉默著坐電車。

不知道為什麼，我覺得百合可能和我有同樣的感覺。當然規模和強度完全不同，但她可能也對我有一點點特別的感情吧？

我那時想像著，這或許就是她允許我直呼她的名字、用ＬＩＮＥ聊天、答應像現在這樣兩個人一起出門的原因。

所以昨天，和她在聊海的話題時，我想在海邊向她表白心意，約她一起去。

莫非這一切都是我的誤會嗎？是我自以為是的解讀嗎？

剛剛她臉紅，只是被我的表白嚇到，然後覺得困擾嗎？

我忍耐不住尷尬到想吐的感受，偷偷看了眼倒映在對面玻璃上的臉。

百合完全不像剛剛被人告白的人，一臉放空的看著搖晃的吊環，又或是窗外的天空。

結束了。這一切都結束了。

表白失敗了。連回應都不用聽。

就在我失魂落魄時，不知不覺間，快抵達目的地了。熟悉的地名映入眼簾，讓我恢復了一點力氣。

辛苦跑這一趟是為了帶百合來看海，我要是這個樣子，她就沒辦法開開心心的了。我得活潑點。

我刻意露出笑容，看向鄰座。保持愉快的聲音：

「到了。下車囉。」

「啊，嗯。」

我站了起來，百合也拿著包包起身。

一走出閘門，就看到才過了一個月，卻覺得非常懷念的景象。

車站前的小圓環，還有可以停十輛車的停車場。計程車招呼站一台車都沒有。附近沒有大型建築物或公寓，視野寬闊。是個由有些荒涼的商店街和老住宅區組成的小城鎮。久違了。我吸了一大口熟悉的海邊小鎮空氣，環顧四周。

「是鄉下耶。」

百合說。說得毫無保留的話很有趣，我噗哧一下笑了出來。

「嗯，是鄉下喔。便利商店很少，搭車去最近的購物中心也要花三十分鐘以上。」

「嗯……但是，是個很放鬆的好地方啊。」

她微笑著看向老太太們緩緩來去的站前老商店街。

我知道自己住過的城鎮被讚美是非常開心的事。雖然可能因為讚美它的人是百合，所以更有感。

我告訴她「海就在那邊」，帶著她邁開腳步。

走了沒多久，突然起風了。

「……有點腥味……。」

百合微微皺起眉頭說。我不由得「哈哈」笑起來。

「對啊。這就是海的味道。」

「欸……海這麼臭嗎？」

「嗯，吶，很臭。」

「啊哈哈，原來如此，很臭啊。我之前都不知道……。」

笑得燦爛的百合一臉開心。幸好表白的尷尬沒有拖得太長就過去了。

「啊，味道變重了。」

「嗯。再走五分鐘左右就到囉。」

在通往海邊的坡道上爬了一段後，視野豁然開朗，可以看到大海。百合輕輕「啊」了一聲。

「是海……。」

在坡道頂端停下來看海的她，頭髮在海風中輕舞飛揚。這是一個可以拍成電影的畫面。

然後我們並肩往下走到海灘。

這片海不是觀光景點也不是海水浴場，幾乎沒有人。頂多就是住附近的孩子們來玩沙，或是大叔在堤防上釣魚。

來海邊沒有特別要做什麼事情的我們，並肩坐在沙灘上，呆呆地看著海。

在夏季正午明亮的陽光照耀下，海面到處閃閃發著光。風平浪靜，遠處有一艘船緩緩橫渡而過。

百合瞇起眼睛，沉默的看著遠方的海。

她在想什麼呢？說不定，是在考慮如何回應我的表白——更確切地說，可能是在想怎麼拒絕我。

我已經做好了被拒絕的心理準備。不管是什麼時候、哪一種答案，我都接受。

但是，百合什麼都沒有說。她很溫柔，所以一定是在煩惱要怎麼說才不會傷害到我。我自以為是的告白造成百合精神上的負擔，覺得很抱歉。

就在我想要主動開口取消表白的時候。

她突然抬起頭，看向天空的彼端。我也順著她的視線看過去。從地平線上升起一朵巨大的積雨雲。

「……吶，涼。」

我嚇得心重重跳了一下。糟了，被搶先了。我雖然不知道該怎麼回答，但也不想打斷她的話，就默默看著她。

然後百合就這樣看著遠方，低聲開口。

「……我接下來要說一個非常奇怪的故事……你願意聽嗎？」

出乎我意料之外的話。我本來以為她會直接說『抱歉』的。

「嗯，我聽。」

「是真的很奇怪的故事喔？聽起來像是騙人的，你會相信嗎？」

「當然。因為我知道百合妳不會說謊。」

她轉向我，微微睜大眼睛，然後露出微笑，緩緩開口。

「我……曾經去過戰時的日本。」

我沒聽懂她的意思，抬起眉看著百合。

百合輕笑出聲，說「大概，就是所謂的穿越」。

「欸？穿越……？」

「嗯。是今年的初夏，有一天我跟媽媽吵架了，不想回家，就跑去附近的防空洞遺跡裡。我就這樣睡著了，忽然睜開眼後，是一九四五年，七十年前的日本。」

難以置信吧，她低語。

「我在那個世界待了一個多月。某一天突然再回到原來的世界，回到現代的時候，不知道為什麼只過了一個晚上……但，那不是夢。因為我在資料館裡，看到了我在那裡遇見的人確實存在的證據。」

不是我不相信百合說的話，而是太驚訝了，腦子無法消化訊息，不知道該怎麼說。

像是想起了什麼，她望向遠方。

「……那是一個很可怕的世界。有許多因為沒有食物而餓死的孩子。有許多被徵召參戰，就這樣再也沒有回來的人。」

她緩緩地說，表情、聲音，都因為痛苦而扭曲、顫抖著。

「我也碰到了空襲……在我眼前，有很多人被烈燄焚燒，痛苦死去。」

我被震驚到說不出話來。這故事太難以置信了。

可是，另一方面卻又微妙的說得通。百合在提到戰爭的話題時，總是一臉痛苦。然後說話的語氣，又真實得彷彿在追溯自己的記憶。

我知道她說的是真實的、自己經歷過的事情。

「……真的是很可怕、很殘酷的世界，不過，我在那裡遇見的人，大家都很善良，很溫暖……。」

百合瞇起眼睛，像是想起了什麼非常重要的事情。

「大家幫助我這個不知來歷的人，然後接納了我。在那裡——我遇見了兩個很重要的人。改變了處於叛逆期，覺得身邊的一切都很煩，只會幼稚的把不滿發洩在老師跟媽媽身上的我，我真的很重視他們。」

重視，她在說這個詞的時候，好像真的非常非常重要。

「一個是宛如我第二個媽媽一樣的人。我之前有提過吧？擔心無家可歸的我，給我飯吃，讓我泡了以當時而言很貴重的澡，而且還讓我住在她家裡……真的是非常溫暖的人。把我當成真的家人一樣珍視、溫柔以待。」

「這樣啊。幸虧遇見了好人。」

「嗯……。」

百合的話停在這裡，我像是催著她繼續講下去似的問「那另外一個人呢？」。

然後，她的目光緩緩閃爍。露出複雜且微妙的，看不出是什麼感情的神色。

「……百合？怎麼了？」

「嗯……沒事。」

她像是在做什麼心理建設似的，深呼吸一口氣，然後緩緩吐出。

「另一個人，是第一個發現昏倒在地的我，出手救援的人……那個人，是特攻隊員。」

我驚訝得瞠目結舌。然後，立刻就懂了。

為什麼百合會對特攻隊的種種了解得如此詳盡？為什麼會如此關心？因為她認識真正的特攻隊員。

「他的名字是彰。那時候，是個二十歲的大學生……是非常、非常優秀的人。」

她緩緩瞇起眼睛，說出他的名字。表情非常溫柔。

一種說不定的預感，讓我的心開始刺痛。

「他總是關心我，對我很好。在我碰上空襲遇到危險時，他也來救我……要是沒有彰，我一定會死在那個世界裡。」

但是，當百合繼續說下去的時候，她的表情因痛苦而扭曲。

「……當我遇見他的時候，他就已經確定會因特攻而死。有一天，他突然來告訴我，他後天要出擊了……我拚命阻止他，要他別去，不希望他死，因為我知道日本會戰敗。希望他盡可能活下去，一遍又一遍的想要說服他。」

如果是我處在百合的立場，應該也會做出同樣的事情吧。我們知道他們的未來。在知道即使犧牲生命，最後還是會淪為戰敗國的前提下，和特攻隊的成員互動的百合，一定經歷了難以想像的痛苦。

為什麼她必須面對這麼痛苦的事呢？

「但是，不管我說什麼，都沒有辦法傳達我的感受。特攻隊的隊員們啊，堅信自己的特攻能夠拯救日本到讓人難過的地步。彰也是。他說為了守護自己重要的人，為了守護日本的未來，他要去……也真的去了。」

可能是想到了那時候的事，百合的眼睛溼了。

我不知道該說什麼好，只能看著她。

「出擊那天……我有去機場送行。彰他駕著一台古老的特攻機，起飛……消失在天空的另一端。」

即使知道對方會白白死去，但還是只能默默目送出擊的人的心情。我想，應該不是悲傷、心痛這麼簡單的字眼可以表達的吧。

百合直視著海面上廣闊的天空。

原來如此，我想。百合一直看著的，是那個人——彰先生。彰先生消失的天空。

我也看向天空。犧牲自己的生命，要拯救國家百姓的特攻隊員們消失的天空。

沉默了半晌的她，再次開口。

「……我和彰的交流，雖然只有到他的出擊命令下來的一段短短的時光，但這就已經足夠了。」

我莫名能預測到她接下來要說什麼。

我不想聽。卻還是忍不住要聽。

「注意到的時候，我已經——喜歡上彰了。」

儘管已經預料到了這一點，我還是大受打擊到有種腦袋被人砰地打了一拳似的感覺。

百合有喜歡的人了。喜歡到再也見不到也忘不了的人。

「我們沒有交往，真的只是偶爾見面聊聊，是我單方面的單戀而已。但是……我真的很喜歡彰。」

這句話，重重刺進我的心。

百合已經有深愛的人，不可能接受我的表白。一定會覺得我單方面的愛慕很麻煩。

我說不出話來，只能緊緊握住拳頭。回過神時我低著頭，一直盯著腳底下的沙看。

陽光照在我的頸子上，被太陽烤得滾燙的沙。

「……吶，涼。」

在我忍耐著無法付諸言語的想望時，百合突然說。

「你記得我們第一次見面時候的事嗎？」

面對這突如其來的問題，我點點頭。

「我當然記得。因為我覺得妳是個不可思議的女孩子，印象非常深刻。」

她一臉驚異似地說「欸？我？」，疑惑地歪著頭。

我無視自己內心的傷痛露出微笑，回答「嗯，是百合」。

大概我那時候，就對百合……一見鍾情了。雖然現在失戀了。

她覺得不可思議似的緩緩眨眼後，像是想起什麼，往斜上方看。

「那個時候……我第一次見到涼的時候，真的嚇了很大一跳。所以一定看起來很奇怪，你才留下印象的吧。」

「欸，驚訝？為什麼？」

我反問後，百合不知道為什麼露出快要哭出來的笑。

「……因為，我知道是彰。」

她低語似地說。

我不明白，「咦？」地睜圓了眼睛後，她這次像是要確認似的緩緩說出口。

「因為我知道，涼是——彰的轉生。」

「……欸？」

我驚訝的張大了嘴，一臉傻的看著百合。

她用幾乎要哭出來的溼潤眼眸專注地看著我。

「……你是彰的轉生。儘管很不可思議，但我知道。臉雖說看起來不太像……不過諸如小動作、表情、聲音、說話的方式、氛圍這些都十分相像……溫柔之處也是。雖然總是謹慎克制，可一到關鍵時刻就很堅強。非常，相似……。」

百合用心疼卻充滿愛意的表情說。

我的腦子一片混亂。這不是立刻能接受的內容。

我，是轉生？是百合喜歡的那個人的轉生？

我不知道。毫無真實感。

但是，我想既然她這麼說，應該就是真的。

在我心神不寧還在思考的時候，忽然意識到了一件事。

我有記憶時起就一直反覆夢見的夢。我飛翔在天空中，操縱著飛機，看著遠遠下方的廣闊海洋。

還有，被百合花包圍，抬頭仰望天空的女孩。在天空中飛舞的白色花朵。

「莫非……妳曾在開滿百合花的山丘，和彰先生見面？」

百合倒抽了一口氣，睜大眼睛。

她齊肩的頭髮，在海風中飛揚。但是，在夢中。

「頭髮……比現在要長……。」

因為剪掉了，她用幾不可聞的顫抖聲音，一臉驚愕的回答。

「百合花像飛在天空上似的……。」

「彰出擊的時候，向我丟了一朵百合花。」

啊啊，我嘆了口氣。

「那麼，那個公園是……。」

「……嗯，是彰帶我去的，為了讓我看看百合花。那時候的花開得比現在多得多，到處都是……。」

百合一邊緩緩地說，一邊露出泫然欲泣的表情。

「……你想起來了？」

她的話裡帶著期待。我一下子覺得抱歉，搖頭說對不起。

「不是，我不是想起來……是夢見的。從小就夢過很多次的夢。」

「咦……？」

「啊啊，對了，星星。我也夢見了星空。在那個山丘，有滿天星空的感覺。」

百合難以置信似的張大眼睛。

「啊……彰他決定出擊的時候，我們在百合之丘說過話。是晚上，星星非常閃亮……。」

或許我夢見的，是所謂前世的記憶。

然而，我還是沒有真實感。我就是我，沒有除我之外的記憶。

對她來說，這一定非常殘忍吧？她一定在我身上看見了彰先生。希望彰先生存在，希望他取回記憶。

這真是無能為力的痛苦。

「……我也夢見過百合很多次。因為總是背影，所以我不能確定，但我覺得很像。」

百合眼中浮現出開心的神色。泫然欲泣地溼了眼睛。

我看見她模樣的瞬間，覺得就像一支箭從天而降，刺進我的胸膛。

「……差不多該回去了。不能太晚。」

我無法看著百合的臉，轉過頭去小聲地說。就這樣站起身，邁開步伐。

「啊，嗯。」

她有點驚訝的回應，踩在沙沙作響的沙地上跟在我身後。

我沒辦法轉回頭。沒有確認她表情的勇氣。

我們就這樣沿著來時路回去。搭上車站電梯時，我瞥了眼她倒映在鏡子裡的臉，發現她似乎滿是不安。

不行，得說點什麼不可。難得一起出來，我不想讓她不開心。

我切換腦中的開關，刻意露出明亮的笑容和聲音和她閒聊。學校、足球、電視節目、漫畫。想到什麼就說什麼。

百合帶著不置可否的笑容，時不時應和兩句，用澄澈的眼睛一直盯著我看。

我覺得一切都被她看穿，為了掩飾，我拚命找話題說。

回到我們住的城鎮時天已經全黑了，而且我也因為講太多話而疲倦不已。

「那，再見……。」

我完全不敢看她的臉，就在我說再見的時候，她一句「等一下」打斷了我的話。

「我還想，再聊一下……。」

我從因為心神不寧和緊張而乾渴的喉嚨間擠出「嗯」。

她打算說什麼呢，我怕得不得了。但是，已經掩飾不了了吧。打哈哈帶過對坦率如斯的她是沒用的。

我們去了百合之丘公園，坐在第一次在這裡碰面時坐的長椅上。

「涼，你現在，在想什麼？」

聽到她平靜的詢問，我低著頭說「什麼指的是什麼……」，事情都都到這地步了，還拙劣的矇混。

我抬頭看了她一眼，百合沉默地看著天空。我也往上看去。

在晴朗無雲的夜空中，無數的星星閃耀著。

第一次在這裡見到她的時候，也是在這樣的星空下。星星墜落似的閃閃發光，非常漂亮。

但是，百合抬頭看著夜空的側臉，更加吸引我的心和目光。

但現在，我不知道吸引她的是我，還是我身體裡的某個人。

我想起百合在知道我夢見前世時的表情。那是我從沒有見過的柔軟、溫柔、還有懷念與開心的表情。因歡喜與心疼而溼潤的眼眸。

這是當然的。以為已經死別、再見不到的那個喜歡的人，轉生成新的模樣出現在自己眼前，雖然忘記前世的記憶，卻夢見過自己。知道對方的思念這麼深，一定會高興到想哭才對？

她現在一定一邊看著天空，一邊想著他。

而我身體裡彰先生的靈魂，現在也一定正因歡喜而顫抖。

『轉世重生的話，我們就在一起吧？』

『我絕對，會再次找到妳。』

因為他愛百合，愛到轉生之後還在夢裡說出這樣的話語。

經過這麼長的時間，相愛的兩個人終於重逢了。

就像浪漫電影似的。

但是——。

但是我高興不起來。明明應該和自己有關，可我卻無論如何都沒有真實感。

在沒有前世記憶的我看來，只覺得是自己喜歡的人一直真心愛著另外的男人。和失戀是一樣的。

看她打從心底開心而滿足的表情就知道了。她那種表情，是看著彰先生的。用掩飾不了自己戀愛心情的眼神。

百合喜歡的，是彰先生。

即使她喜歡上了我，恐怕也是把我當成彰先生的轉生，把對彰先生的心意重疊在我身上而已。

可是，我不是彰先生。

我一邊連眨眼都忘了的凝望星空，一邊宛如囁嚅般小聲地說「抱歉」。

我拚命不讓自己哭出來，覺得自己的聲音很冷。不過，我連找藉口的餘裕都沒有。

「……抱歉，我沒辦法。」

百合發出倒抽一口氣的聲音。

我看向她，她皺著眉頭，咬著嘴唇，輕聲回答「嗯」。

一顆宛如星子的淚珠，從她臉頰滑落。

為什麼，讓喜歡的人露出這種表情呢？

為什麼，非得對喜歡的人說這種話不可呢？

覺得一陣空虛，我誠實說出自己的想法。

「我沒有辦法——。」

我眼頭一熱，視野一片模糊。

在星光閃耀的山丘上，被百合花的香氣包圍，我們無聲地哭泣。

世界末日，一定也像這樣空虛和寂靜吧。

第三章　大學二年級，冬

想再與妳相遇

「喂——宮原！」

社團活動結束，走在夜晚校園裡時，背後有人喊我。

我轉頭停下腳步，同系的朋友小跑過來。

「有個酒聚你要不要去？說從九點開始。」

「啊——抱歉，我現在要去打工。」

「這樣啊。你打工打很勤欸。」

「嗯嗯，家裡給的生活費少嘛。」

原來如此，加油喔，朋友說完揮揮手離開了。

好，我振作精神，就當是體能訓練，用跑的去停車場吧。

練習到天黑，然後拖著疲倦的身體到居酒屋打工到半夜。辛苦是辛苦，但這是我自己的選擇。

由於是不顧雙親的反對，自己決定要讀現在讀的大學，因此約好家裡只會幫我出學費跟宿舍費，而餐費、電費等生活費和社團有關的費用，全都要自己出。

儘管利用上課和社團的空檔打工不太容易排班，所以收入不高，不過因為是時薪高的居酒屋夜班，省一點還過得去。

最重要的，一想到這一切都是為了能繼續踢球，再怎麼辛苦都能繼續努力。

現在我明白，除非是個超級天才，不然要實現成為職業選手的夢想是需要一大筆錢的。我雖然一直拚命努力在踢球，但也過著絕對說不上一帆風順的平凡足球人生。

國三那年的縣賽，隊伍打進準決賽，我也因此一度被選進縣隊，但如果覺得光這樣便馬上會有球探來挖角，也太異想天開了。

準備考高中的時候，雖然考慮過要是去讀常在高校綜體（註1）中出賽的地方足球強校，說不定能打開職業球員之路，但雙親對我只以足球為重的選擇仍然不贊同。

從國中二年級的夏天開始，對我而言，「不放棄夢想」是最重要的信念。但我覺得給父母帶來困擾是不對的。在自己力所能及的範圍裡不想放棄，但只能拜託爸媽的部分，絕對不能任性妄為。

我自己去查縣裡的升學學校，找到公立學校中相當支持社團活動的學校。該校足球社團還有外聘教練，刻苦練習，過去在縣賽裡也保持穩定的戰績。我下定決心，如果在這裡腳踏實地的付出最大的努力，應該不會輸足球強校的選手太多，從社團退役後就全力準備升學考試，最終順利考上。

到了高三，在我認真考慮自己未來的升學就業選項時，我拿到了某大學的推薦入學名額。

註1：即「全國高等學校綜合體育大會」。每年八月舉辦，由高中生參加的多種項目綜合性全國體育大賽。

是一所曾在總理大臣盃、全日本學生選手權大會（註2）上拿過冠軍的知名強校。確定錄取的時候，我高興到想哭。

雖說幸運的從一年級開始就是正式選手，可目前也還不知道能不能打進全國大賽。即使如此，我還在繼續追逐成為職業選手的夢想。

踢球踢久了，稍微看看周圍，會發現有很多踢得比我好的人。有常被選進縣隊，被球探發掘進了J聯盟俱樂部的下級組織，在青訓選拔隊踢出好成績，就這樣簽了職業契約的菁英路線型選手。也有國中就進了備受矚目的強校，同時被選為日本U16代表，在高校綜體或選手權大會上大放異彩，一畢業就有多個俱樂部搶著要的選手。還有國中畢業就突然加入海外俱樂部，宛如怪物般的選手。

遇到這種實力堅強的同世代選手，說不會沮喪跟焦慮是騙人的。但是，不足的才能只能用努力去彌補。抱著盡自己所能，克服萬難的心情，每天努力訓練。

我不知道接下來會怎麼樣。一年後的我，能得到繼續踢足球的機會或權利嗎？還是下定決心，開始找工作呢？

未來還沒有定數，但我只能盡力做好現在能做的事。

＊

註2：由大學生運動員參加的全國性賽事。大會正式名稱依照競技項目各異，如：全日本大學足球選手權大會。

「小涼、小涼，你來一下。」

在我雙手滿是空杯，匆匆走在店裡狹窄的通道上時，三個每週都會來喝酒的女子喊住了我。

這家居酒屋的客人多是常客，滿多人都記得店員的名字，會直言不諱的聊天。

我本以為她們是要點餐還是結帳，所以喊了「是！」往那桌走去。

「小涼你啊，有沒有女朋友？」

三張因喝醉而紅通通的臉，興味盎然地看著我。這個問題其他的客人也問過我好幾次了，所以我一如往常露出微笑，輕輕帶過。

「沒有——社團活動很多所以很忙，而且我本來就不受歡迎。」

她們互相看著對方，笑著說「騙人——」。我說「是真的啦」，然後想回到廚房，但又被她們攔住了。

「那麼那麼，有喜歡的人嗎？」

我的動作無意間頓了一下。

「……嗯，妳覺得呢？」

三個人嘎——的大聲歡呼。我不置可否的笑笑帶過，點個頭說「不好意思」，轉身離開。

「一定有！」

「有吧！應該暗戀很多年了！」

「太純情啦！」

我一邊聽著背後喝了酒喧鬧的聲音，一邊一臉若無其事的回到廚房。

喜歡的女孩，聽到這個名詞時，我腦中突然浮現的，是許久未見的她的臉。

百合。

六年前，國中二年級夏天時尷尬的分別後，就沒有正面說過話了。畢業後我們分別考進不同的高中，所以之後就一直都連面都沒有見過。

回到普通的同班同學關係，升上三年級連同班同學都不是，高中畢業後連同學都不是。應該不會再見面了吧。

客觀角度來看，她完全是一個過去的人。我想時間一定會抹去我的心意，能夠就這樣忘記她吧。

但是，我現在還是每天都在想她。有時候會想到睡不著，想忘都忘不了。

好痛苦。所以，為了盡可能的不去想她，我更加把心力貫注在足球上。

即使如此，我做那個夢的頻率反而逐漸增加，真實感不要說薄弱了，反而越來越強烈。我現在可以清楚看見她的臉，聽到她的聲音，甚至聞到花香。太真實了，醒過來時，我陷入自己是「彰」的錯覺，因分不清現實和夢境而困惑不已。

無法忘記。

但是，是我主動離開的。就算無法忘記，也只能放棄。

腦子知道，可我的心卻自顧自的尋找她的身影，看見背影有一點相似的人，就會心跳如擂鼓。

連自己都覺得這超級不乾不脆，還超級自私，所以總是被強烈的自我厭惡感包圍。

「那個，不好意思。」

突然被叫住，把我的意識拉回現實。

心不在焉收拾客人離開後桌面的我，慌忙挺起身子。

「啊，是，洗手間在那邊……。」

以為對方像平常一樣問我洗手間在哪裡，所以一邊用手示意一邊轉頭的我，在看到一張熟悉的面孔時閉上了嘴。

「欸……啊咧？」

「啊，果然是！是宮原同學吧？」

鬆了口氣似微笑的，是國中二年級時同班的女孩。

「哇，嚇我一跳，這不是橋口同學嗎！哇啊——好懷念，好久不見！」

「真的好久不見了。想說這個人長得好像——幸好沒有認錯人。」

「謝謝妳跟我打招呼，要是橋口同學沒說話的話，我大概不會注意到。」

雖然過了這麼多年也是很自然的，但她整個人的氛圍都不一樣了。是因為化了妝的緣故？再加上她國中的時候是內向害羞的模樣，現在卻是開朗又活潑的印象。

又想起了那張面孔。

她也不一樣了吧。會變成什麼樣子呢？

說不定早就忘了我，和其他人交往了？這個念頭直刺自己的心臟。

看不見的血汩汩流出，我繼續若無其事的和橋口同學聊天。簡短的聊了諸如讀哪裡的大學、讀哪個科系、今天是打工夥伴的酒聚所以來這裡一類無關緊要的話題，橋口同學舉手跟我說再見。

對著她要回座的背影，我忍不住喊她說「那個」。

糟了，下一秒我就覺得後悔，想說『沒什麼』掩飾過去。

但是，因為她回頭問「什麼？怎麼了？」，我強迫自己鼓起勇氣，用有些顫抖的聲音說。

「橋口同學，之前跟百……加納同學感情很好對不對？」

「啊啊，百合嗎？嗯，我們高中也讀同一所。」

橋口同學微微睜大眼睛，然後輕輕笑著歪頭問「怎麼了？」。

我心臟狂跳到想吐，開口詢問。

「妳知道加納同學的近況嗎？」

她的動作頓了一下，緩緩眨眼。

「……要不要給你她的聯絡方式？」

我反射性的搖頭。

「不，沒關係，沒關係，沒關係的。」

我知道她的聯絡方式。對她來說，電話號碼被我這種人知道應該很不愉快吧，所以我想過要刪掉，但最後還是沒刪。

可是，我沒有主動聯絡她的資格。和她的ＬＩＮＥ對話框和通話紀錄，也已經掉到很後面的位置。

「……這樣啊。」

橋口同學輕輕點頭，然後露出有點困擾的笑容。

「我有從百合那裡聽到宮原同學你的事喔。」

「欸……？」

我驚訝得倒抽一口氣。她究竟說了什麼話呢？關於她一定想忘記的我，說了什麼話呢？

「高中的時候啊，我們幾個女生出去玩，聊到戀愛的話題，雖然百合看起來很不想說，但大家問她『有正在交往的人嗎？』、『有喜歡的人嗎？』時，她不太很情願的告訴我們『國中二年級的時候，有過感覺有點不錯的經驗』……。」

搞不好她會說『雖然兩個人碰了幾次面，不過是個沒用的男人』。不，被這麼說我也無可奈何就是了。

可是，橋口同學接著講下去的內容，卻讓我想痛毆蠢爆的自己。

「她說，『明明事情可能可以很順利的，卻因為我的錯，搞砸了一切』。」

「——咦……？」

我啞口無言。腦袋一片空白，『我的錯』這個字眼用她的聲音反覆播放，在腦海裡迴旋。

「百合她啊，一直對宮原同學——。」

橋口同學一邊看著傻住的我一邊說，然後呵呵笑了。

「不，這不是我該說的。如果想知道後續的話，就聽本人說吧。」

那之後我完全沒辦法集中精神工作，反覆詢問點菜內容，把餐點錯送到別桌，簡直是一團亂。

這樣下去不行，我拚命集中精神，總算撐到下班，走出店門後，我在月台上無法動彈。即便再走十步就有長椅，縱使身體非常疲憊，可我不想坐。或者是說，我不能動。一直到不久後我被一個喝醉的上班族大吼「擋路」為止，我都一直呆站在臨近末班車的月台正中央。

我想辦法靠在牆邊，盯著手上的手機。

滑了幾次ＬＩＮＥ的對話框，終於出現百合的名字。

但是，接下來我的手就不能動了。無論如何都沒辦法點下去。事到如今，我該用什麼心情送出訊息才好？不，本來就不該在這種大半夜的時間去聯絡她。

呆滯的腦海裡，浮現出曾經看過的電影場景。

一直愛著死去情人的女人。愛上她的男人。兩個人在滂沱大雨中，兩個人全身溼透，無言相對。

其他人能愛在自己心裡的人嗎？知道自己只能排第二的被愛著，還能愛著對方嗎？是描寫這種糾結的作品。

儘管可能實際上是完全不同的主題，但對我而言，這是我印象最深刻的。

我腦中浮現出百合的臉，揮之不去，電影途中就離開電影院，不像個大人似的一邊在大街上哭泣一邊回家。

我明明知道只能放棄，卻不斷不斷地想起她。

那時候，如果我能接受她和彰先生的事情的話，有可能順利進展嗎？

『明明事情可能可以很順利的，但因為我的錯，搞砸了一切』。

百合是這麼說的。明明不是這樣的。那時候我們會分道揚鑣，明明是因為我沒有足夠的能力去接受現實。

即使如此，說不定百合至今都覺得是自己的錯吧？覺得都是自己說了過去的故事的錯吧？

我能讓她一直這麼想嗎？

一思及此，我就覺得自己要站不住了。

＊

晨間新聞裡說，今天會是今年冬天最冷的一天。

走出宿舍的瞬間，我就被冰冷的空氣包圍，全身發抖。

平常我都是騎自行車去車站，但昨天幾乎沒睡，睡眠不足，再加上路面似乎結冰了，所以我走路過去。如果跌倒受傷會影響踢球，所以慢跑也暫停。

昨晚我就查好了路線，所以雖然是第一次去，但我沒有迷路，順利到達目的地。

我照著地圖APP的指引走，聽到『已到達目的地附近』的指示時，大大的招牌映入眼簾。『特攻資料館』。

明明是想去隨時都能去的距離，但我卻一直避而不去的地方。

我深呼吸一口氣，抱著面臨決賽的心情踏進館內。

一進門的大廳裡，展示著銹跡斑斑的古老戰鬥機。儘管曾在教科書和電視上有看過，但親眼看見實體是第一次。不過，不知為何，我覺得很熟悉。類似我夢裡出現的飛機。

我站了一會，仔細看著斑駁的飛機後，走入展示室。

排滿了整面牆的黑白大頭照，讓我不由得倒抽一口氣。

「這，全部，都是因特攻而死的人……？」

這麼多年輕人，都做好了赴死的心理準備，從這片土地起飛嗎？我受到打擊，說不出話來。

我沿著牆慢慢走，一張一張看著。

忽然「AKIRA」(註3)這個名字映入眼簾，我心臟幾乎要停止了。

一個名叫伊藤晃的人，名字上註明著「AKIRA」的平假名。

莫非這就是百合說的彰先生嗎？我看了看他的大頭照，好像不太對。

我接著尋找叫「AKIRA」的人。我不知道那個人的照片有沒有展示在這裡。但是，我忍

註3：「晃」和「彰」在本作原文中都讀作「AKIRA」。

不住不去找。

走到正中央位置的時候，我找到「佐久間彰」這個名字。

抬起眼看見那張臉的瞬間，我立刻想『啊，就是這個人』。

不知道為什麼。是直覺。

然後，印證這個直覺的物品，就在照片裡。

插在胸前口袋裡的，兩朵百合花。我「啊」了一聲。

「你是，彰先生……。」

彰先生，百合戀慕的那個人。

名字旁邊寫著享年二十歲。和現在的我同年。

但他有著讓人感受到凜然又直率的力量，以及穩重的溫柔的眼神，是我遠遠不及的。光看照片，就知道是我再怎麼努力都無法匹敵的人。

現在的我，若有人要我為了國家而死，我能犧牲嗎？能操縱戰鬥機去送死嗎？

我不敢相信這個人是我的前世。我當然相信百合說的話，但還是覺得像是與自己無關。

我呆呆地從照片前離開，轉去看其他的展示品。

陳列在玻璃櫃裡的遺物——表達自己對特攻意氣昂揚的書法，寫著必勝、轟沉的頭帶，用小小的文字填滿的日記本，愛用的文具，家人送的手工娃娃。

有一些有刊在國中時從圖書館借的書裡，所以我覺得眼熟，但這裡放著書裡完全比不上的大量物品。

這麼多……我呻吟般低語。

聽特攻隊員的事蹟時，像是其他國家發生的事情似的，覺得很遙遠，可見到遺物時，就讓我實際感受到，有這麼多與自己同齡的人們因戰爭而喪生，震驚到呼吸困難。

我忍不住想，如果是我自己，如果我出生在戰時會怎麼辦？

最後，我來到了放著幾封遺書的展示箱前。我之前在書上看過幾封，但這裡展示了幾十封。

每一封都宛如書法老師所寫似的，漂亮到可以當範本的書法，難以辨認。但是，旁邊有補充一張用把遺書內容用電腦打字出來的紙。

寫給雙親或手足的最後一封信。有感謝和道別的話語，越讀越難過。我數度轉過頭去，調整呼吸，等待心情平復後再回頭看。

這時候，我眼角餘光看見『給百合』的字樣，不由得看了過去。

是巧合吧？是隊員的家人也叫百合吧？

但下一秒，我看見便箋下寫著『佐久間彰』，屏住了呼吸。

「咦……這是……彰先生寫給百合的信？」

我用顫抖的手扶住玻璃櫃，眼睛眨也不眨的看下去。

即使寫了這封信，說不定也只是讓妳難過。

但是，我無法忍受這份心意就只能化為海裡的泡沫消失無蹤。
我喜歡妳。打從心底愛著妳誠實、坦率、溫柔的靈魂。
如果我出生在沒有戰爭的時代，我想和妳共度一生。
明天的十三時三十分，我就要起飛。然後散落。
我現在一邊抬頭看著要成為自己墓園的天空，一邊寫這封信。
在百合花盛開的山丘，在與妳說話的那座山丘上。
天空無比美麗。和那時候與妳一起看的星空一樣。
我要在那片天空散落。為了妳。為了以妳為名的花朵盛放的，這個世界。
我只希望妳幸福。只希望妳的笑容繼續燦爛。
百合，我想見妳。
百合，活下去。

啊啊，我發出嘆息聲。
我知道。我記得。這封信。
我的確寫了這封信。
明明應該沒有記憶才對，但我的心記得。
我清清楚楚的，記得這份感情。

彰先生對百合的感情，已經在我心中深深紮根，滲進我的靈魂。
我就是彰。
我繼承了彰的靈魂和心意。
所以我遇見了百合。然後喜歡上她。
淚水上湧，止不住地大顆滴落。
「……我，在做什麼啊？」
明明現在不是做這種事的時候。
我明明應該和百合在一起的。明明應該在一起的。
卻擔心一些芝麻小事，猶豫不決，裹足不前，浪費了好幾年的時間。
我在浪費彰先生渴望的時間。
「……我得去。」
我用袖口用力擦乾眼淚，站了起來。
我得去見百合。強烈的衝動讓我邁開腳步。
飛奔出資料館，我在行道樹下拿出手機。
不再迷惘猶豫。手指也不再顫抖。
一秒也好，我想早點見到百合。
我已經一秒也不想浪費了。為了沉眠在我體內的彰先生。
我按下通話鍵。來電答鈴開始響起。

響到第三次，鈴聲停止了。

『喂……涼？』

啊，我輕呼一聲。

懷念的聲音，懷念的稱呼。

我原以為她可能已經刪了我的電話號碼，但她沒有。我的名字，留在她的記憶裡。

本該停住的淚水，又再次湧起。

「……百合。」

我不自覺說出來的聲音，顫抖、沙啞到不行。

『涼。』

百合再用平靜的聲音，喊了我一次。

沒有掩飾自己的淚水，我帶著哭音低語。

「百合，我想見妳。」

我覺得電話另一端的她倒抽一口氣。

我一邊哭一邊問。

「……我能去見妳嗎？」

吶，百合。

我稍微，長大了一點點。

那時候的我，真的是個沒用的小鬼。

幼稚、被寵壞又自私，所以沒辦法接受妳告訴我的真相。

『……抱歉，我沒辦法。』

我用毫不溫柔、毫不體貼的話語，拒絕了妳。

明明是我自己靠近妳的，卻把妳推開了。

我傷害了妳。

甚至連可能會傷害妳都沒想到。

我只想著我自己。

一切的一切，只想著我自己。

我怎麼都無法忍受自己喜歡的人心中，有另一個不是我的人。

真是太難堪了。

可是，如果是現在的我，一定不會這麼做。

現在的我，想再見妳一面。

想和妳重新開始。

要是再見到妳，這次我——。

在那個星星墜落的山丘

我已經六年沒來過這個公園了。

那天以後，我就難以靠近兩個人曾共度的地方，一直離它們遠遠的。

我坐在那個充滿回憶的長椅上等她。抬頭一看，美麗的星空開展，一望無際。

在電話裡，我告訴她現在想去見她時，她回答：

『如果你可以等到我打工結束後的話。』

我確切感受到時光流逝，她是個大人了，我心裡因後悔浪費了這麼長的時間而難受。

距離約定的時間大概還有一個小時。我一邊抬頭看星星一邊吐氣。瞬間凍成了白煙。

冰冷的夜風吹來，雖然穿著大衣還是會冷，但我覺得頭跟臉好熱。手套裡越來越熱，便脫下來放進包包裡。

見到她時，我想做什麼呢？

事到如今，我該用什麼模樣去見她？

失去的時光無法挽回。

說不定百合已經忘了我，和其他人在交往了。她人很溫柔，所以說不定是可憐哭著說想見她的我，才沒辦法拒絕。又或者有可能想說什麼怨懟的話。事是我自己做的，所以被抱怨也是理所當然。

越想心情越差。可是，不行，不要再想這些亂七八糟的了，我換了個念頭。總之首先要道歉。然後把我的想法、我為什麼會說這些話，全部說出來。接著，告訴她我現在真正的感受。

如果百合拒絕我，回答她有其他喜歡的人了，我就乾脆放棄。我能做的就只有這件事。

在我左思右想的時候時間漸漸流逝，在距離約定時間還有十五分鐘的時候，我聽見踩著樹葉沙沙作響的聲音。

六年過去了，我的耳朵還是清清楚楚的記得這個腳步聲。是百合。

覺得心跳快到要爆炸，我慌忙站起來回過頭。

最先映入眼簾的是隨風飄揚的長髮。在夜晚中也能辨認出來的深黑色頭髮。

然後，是在星光下帶著一點困擾微笑的白皙臉龐，大大的眼睛。

「啊……。」

我沒辦法好好發出聲音。

我記憶中百合短短的頭髮，已經留長到背中間了。和我夢中的樣子非常相似，我的心跳得更快。

「……好久不見。」

我硬是擠出話來。

這是見到睽違六年尷尬分手對象的台詞嗎？我簡直想揍死自己。

不過百合卻燦然一笑，回我「好久不見」。

她比那時候長大很多，聲音也有一點不同。

但那雙溼潤的眼眸、直率的眼神、笑起來眼尾會下垂變柔和、說話時會微微偏著頭的小動作，都和我記憶中一模一樣，沒有任何改變。

「我聯絡得突然，謝謝妳願意來。」

我低頭道謝，她回答「我也是」。

「謝謝你聯絡我。」

我一時語塞，抬頭看著她。

妳要對我說謝謝嗎。對單方面疏遠妳，然後又單方面想拉近距離的我。

「謝謝……。」

我用難堪到快哭出來的聲音說，百合呵呵一笑。

「還沒結束，所以感謝就先到這裡吧。」

「啊，說得也是……那個，請坐。」

我用手輕輕拍掉長椅上的沙塵說。她輕輕點頭。

「謝謝……啊。」

她單手掩口，好像在說「糟糕了」。我不由得噗哧笑出來。百合也笑了。

感覺六年的時光一下子就飛到別的地方了。我們像那時一樣兩個人都笑了。氣氛變得輕鬆，呼吸也順暢起來。

我們並肩而坐。百合抬頭看著天空。她的眼睛在星光照耀下，看起來像在發光。

就在我思考該說什麼好的時候，她忽然看向我，先一步開口。

「你還在踢足球嗎？」

「啊，嗯，在大學足球社。」

「這樣啊，涼也在讀大學呀。」

我一邊想著百合也是吧，一邊點點頭。

「哪個學院呢？」

「經濟學院。雖然跟足球沒什麼關係……。」

「我覺得多學一點很好啊。而且開拓視野。」

百合乾脆的說。她果然很成熟。和只長年紀的我不同，她是有好好地積累時光的。

「百合呢？」

「國際學院喔。」

「嘿——國際啊。要學英文什麼的，好像很難。」

我們學校也有類似的科系，學生必須要參加TOEIC考試或去國外留學，感覺相當忙。

「啊，不過，我是國際關係學系的，比起英文，讀很多資料比較辛苦。」

「國際關係學系？我第一次聽說。」

「嗯，這個系不普遍，很多學校都沒有這個系。」

「上什麼內容的課呢？」

百合再度看向天空，認真的回答。

「多方學習、思考消弭戰事或紛爭的方法。」

她說話時眼神中的堅毅，讓我的心震盪。

百合一點都沒變。是和那時完全一樣，堅強而坦率的女孩。我有生以來第一個愛到不可自拔的女孩。

「是說……」，百合再次看向我。

「為什麼突然聯絡我？」

我點頭回答。

「我碰巧在打工的地方遇見橋口，稍微聊了一下，那時候她跟我說，百合覺得沒辦法好好相處是自己的錯……我想告訴妳不是的，是我的錯，所以無論如何都想見妳一面。」

聽了我的話，她輕輕地搖了搖頭。

「不，是我的錯。」

她用平靜卻堅定的語氣說。然後繼續說「那之後，我啊……」。

「那時候的我，對自己的感情沒有自信。不知道自己是什麼想法。」

夜風吹著她的長髮，柔軟搖曳。

「那時我自己也不知道，我是喜歡涼呢，還是把你當成彰的代替品……。」

我輕輕點頭。我煩惱的，也是同樣的事情。百合是不是覺得我是彰先生的代替品呢。

「涼也感覺到了，所以我覺得，涼你是因此受傷才離開我的吧。」

「不，那是——。」

我慌忙否認，但她說「不過」，打斷我的話。

「我曾經後悔不已。到戰時世界的時候，明明可以多做一點什麼，卻什麼都做不到。說不定可以幫上忙，卻什麼都沒幫到。都是我幼稚不成熟的錯……。」

百合一邊凝望遠方的天空，一邊回溯過去似地緩緩開口。

「那些因荒謬的事而死去的人們，我覺得只能眼睜睜看著他們的自己很丟臉，一直相當後悔。明知現在後悔也來不及了的愧疚感，總是讓我痛苦不已。」

她的目光仍然專注，一下子看向我。

「可是，涼告訴我予人以恩這個詞，拯救了我。」

我困惑的搖頭。

「但那是我從老師那裡現學現賣的……抱歉。」

「不，現學現賣也很好啊。」

百合眼神放緩，露出微笑。

「那時候的我，學到了予人以恩這個詞，改變了想法。如果有後悔過去的時間，還不如用這些時間思考未來。把對那些人報恩的心意，轉而為其他人做一些我現在做得到的事。這麼一來，我想戰爭總有一天會從這個世界上消失無蹤。」

「……百合。」

「那時候把我最想聽的話語，在我最需要的時候說給我聽的，是涼喔。拯救了那時的我的，是你說過的話。你用你經歷過的事情，從自己的經驗中得到的話語，拯救了我。」

我不知道該怎麼回答才好，只能專注地看著她，等著她說下去。

「我現在仍然忘不了彰。大概一輩子都忘不了。」

嗯，我點點頭。不可能忘記，也不需要忘記。就像我無法忘記對百合的心意一樣。

她緩緩眨眼，小聲地說「但是」。

「我用和喜歡彰不同的方式、不同的意義，不和彰混淆的……」

她停了下來，深呼吸一口氣。

「……喜歡涼本人。」

啊啊，被搶先一步說出來了。

這明明是我必須告訴她的事啊。

我拚命壓抑著想抱頭的衝動，開口。

「……今天，我去了特攻資料館。」

可能是因為突然換了個話題，百合有點驚訝地微微張大了眼睛。

「……我找到了彰先生的照片，還有信件。」

百合小聲地啊了一聲，用快要哭出來的表情看著我。

「老實說，我覺得我根本不是他的對手……。」

這次換我抬頭看向夜空。

「那些和我們同齡的人，做好赴死的心理準備，接受幾個月的訓練，明知是送死還是毅然決然地起飛，主動撞進敵陣……現代的我們絕對無法模仿，也無法匹敵。」

我無法贏過有這種決心、這麼堅強的人。無法與彰先生匹敵。無法與他相提並論。

「我，做不到那樣的事……。」

百合打斷我似的開口。

「那也無所謂。」

我睜大眼睛回望著她。

「無法模仿、無法匹敵，都沒關係喔。」

毅然決然的話語。她反覆地說「做不到也沒關係」。

「絕對不可以重演為了國家去死、被迫去死的事。不需要這麼做的我們是非常幸福的，牢記這份幸福，好好活下去就好。」

她說這些話時，聲音開始顫抖。她看起來快哭了，所以我反射性的舉起手，然後慌忙收回去。我沒有輕易碰觸她的資格。

她仰望星空，深呼吸。

「因為……絕對不能再發生這種事了。」

「嗯……沒錯。」

「所以我想消除這個世界的戰爭。」

堅定的語氣。

我「啊啊」的嘆息。百合真的太棒了。從沒有見過這樣的人。越是對話，越是從眼到心都忍不住深深為她著迷。

「雖然有人說這是不可能的，戰爭或紛爭不可能消失，但我就是無法忍受現在還有人在某個地方受苦……這麼悲傷的事情，不能再發生了。」

百合直視著天空盡頭的眼睛裡，應該有彰先生的身影吧。

幼時的我，無法忍受她這種眼神。

忍不住嫉妒。嫉妒被百合全心全意愛著的彰先生。

「……現在，我明白了。」

我喘了口氣，露出難堪到不用看都知道的表情

「國二時的我，是在嫉妒彰先生。」

因此，我不想知道前世的種種。我忍不住瘋狂嫉妒，在百合內心深處有一個她忘不了的人。

「所以，我不敢表達對百合的心意，不敢面對妳……也沒辦法忍受妳比起在意我本人，更在意我身體裡的彰先生。所以我說了這麼殘酷的話，然後逃走。都因為我太幼稚。全部都是我的錯。」

「那是……。」

百合搖頭，我打斷她的話，從長椅上站起來站到她面前，深深一鞠躬。

「那時候，真的非常抱歉。」

她也站起來鞠躬回禮。

「……我也是。」

百合似乎有點困窘，但還是笑著對我說。

每次見到她的笑容，我的心就覺得暖暖的。

現在也是，明明是這種凜冽的寒冬夜晚，但只要她對我笑，就彷彿是盛夏陽光照耀般，世界看起來既明亮又充滿活力。

對我來說，她直率而堅強的眼神也好，純粹又溫柔的心也好，一切都蘊含著無可取代的魅力。

好喜歡啊，我想。還是很喜歡，超級超級喜歡。

如果我真的是彰先生的轉世，他一定也是被百合這種堅強和純真所吸引的吧。如果我們擁有相同的靈魂，那就一定是。

因為，我在與她相遇的那瞬間，就被她吸引了。無法抗拒的，離不開眼。

然後，越是了解她——美麗的心靈、純粹，以及堅強和溫柔，就越是逐漸被她吸引。

我想彰先生也是。

知道他的事時，我真的大受打擊，沮喪到自己都嚇到。前世的自己和百合相遇，她還愛上他的事實，沉甸甸地壓在我心上。

但現在我認為完全相反。

我與百合，註定會被彼此吸引。

如果沒有前世，我們一定不會像現在這樣相遇，也可能不會這麼親近。我現在打從心裡覺得高興，我們是因前世延續至今的緣分連結在一起。

我連靈魂都被百合吸引。

因為他強烈到連轉生都忘不了的心意，深深雋刻在這個靈魂裡。

是彰先生，讓我與百合相遇。

『我想一直在妳身邊守護妳。』

『若轉世重生，我們就在一起吧。』

『我絕對，會再次找到妳。』

一定是為了實現在死前許下的願望——為了轉世重生找到百合，再次相遇，然後這次要共度一生，想守護這份幸福與笑容直到最後的願望。為了去做前世做不到的事情。

所以。

「……我會守護百合的。」

回過神時，我說了這樣的話。話語像是自己從我身體裡面溢出，然後滴落似的。

一說完我就尷尬起來。這話說得太突然又太沒有鋪陳了，而且守護什麼的有夠做作，真是爛到爆。

百合看著一定連耳朵都紅了吧的我，搖搖頭說「不用」。

「不用特別守護我也沒關係。」

「咦……？」

我因為驚訝和打擊而全身僵硬。

莫非是她不想讓我保護，或是有其他保護她的男人——。

就在我快被自己的想像打趴的時候，她歪著頭，呵呵地笑了。

然後，專注的看著我，用平靜而有力的語氣說。

「只要我們在一起就好了。」

我的眼睛睜到不能再大。

寒冬夜風吹過，但我完全不覺得冷。

和白色的氣息一起，她緩緩開口。

「因為我們活在一個不用去想該守護誰、必須去保護什麼就能正常生活的世界。不過，如果我們哪一個人遭遇了危險，不只是涼，我也會行動，彼此互相守護就好，如果力有未逮，一起逃走也可以。」

我屏住氣息，看著百合。

她的話像雪一樣，一點一點，但切切實實的積在我心上。

「我們只要在一起就好了喔。一起度過許多時光，即使碰到討厭的事情也在一起……就這樣一起生活，一起幸福吧。」

嗯，我點點頭。

只是和想在一起的人在一起。和喜歡的人一起生活下去。

這麼理所當然的事情，在彰先生所處的世界裡是不被允許的。有很多人像彰先生一樣，連說出對重要的人的心意都做不到就死了。

能對喜歡的人說喜歡，真的、真的非常幸福。

因為生在和平的世界當中，所以能不管周遭的人、不管社會，什麼都不需要在意，誠實地說出自己的心意。

我看向無數星星閃耀的冬季夜空。

彰先生飛向天空的彼端。然後，在那片海上散落。

連對喜歡的人的心意都無法表達，就這樣赴死，是什麼感覺呢？彰先生是抱著什麼樣的心情起飛的呢？

應該是我無法想像的辛酸、悲傷、痛苦和悔恨吧。

但我生在不需要這麼做的世界。

不會被任何人干擾、不被任何人批判，能夠照著自己的想法生活，待在珍視的人身邊。

以前這個國家的人，或是現在仍處在持續戰爭中的某個國家的人無法輕易獲得的東西，我們從出生的那一刻起就擁有了。

這多麼幸福啊。

我收回視線，看著百合。

然後，慎重地說出彰先生無法說出口的話。

「——我喜歡百合。非常喜歡。想和妳一輩子在一起……。」

第四章　大學三年級，春

每個人、每個人，都要幸福

我們今年就要二十一歲了。
終於超過了彰飛向空中時的年紀。
總覺得無法置信，那位我一直覺得是個大人的彰，竟然和現在的我同年，然後在這個年紀已經做好一死的準備。
二十歲的我驚人的幼稚。

*

「百合總是看著天空呢。」
涼看著我的臉柔聲說。
呆呆望著春天淡藍色天空的我一下子回過神，看向旁邊。他露出溫柔的笑容。
「抱歉。」
我反射性的道歉，這次他的表情變成了不可思議。
「為什麼道歉？」
「啊，不是……我放空了。」

「是不是累了？那我們就回去吧。」

「沒關係，可以的！沒事，我一點都不累喔。」

「是嗎？太好了。」

涼溫柔的笑了。

那個表情、笑的方式，都帶著彰的影子。我不由得想，果然很像。

睽違六年重逢的時候，看到二十歲的涼的那瞬間，和彰的模樣重疊了。

剛好和我認識的彰同年。修長的身形也好，溫柔的表情也好，平靜的聲音和說話的方式也好，總覺得一切都好像，我倒抽一口氣。

然後，我現在還是會在涼身上找到彰的影子，然後想起他。我討厭這樣的自己。

為了不被發現，我輕輕嘆了口氣，無意識地再度抬頭看向天空。注意到自己做了什麼，慌忙把目光轉回地上。

看天空已經變成一種習慣。從七十年前的世界回來之後，不知不覺間，我開始眺望天空。

我覺得我仍在心裡的某個地方，尋找那架消失在天空中的飛機。

為什麼啊？明明涼就在我身邊，彰應該確實在他身體裡。

涼應該有注意到，我看天空的時候，是在想彰吧。若是如此，我每次看天空的時候，不就一定會傷到他嗎？我相當內疚，所以剛剛很快就道歉了。

「天氣真好。」

涼沒有注意到我的憂慮，悠閒地看向草地廣場說。

「好適合野餐。」

現在，我們來到充滿回憶的百合之丘公園。

涼提議『難得的春假，我們做點平常不會做的事情吧』，所以我們在這裡碰頭。雖然稱不上野餐，但我們帶了簡單的食物和飲料，在公園裡散了會步之後，坐在長椅上吃三明治。在藍天下，一邊吹著風，一邊和喜歡的人一起用餐，感覺比想像的還好。

廣場上，有在玩吹泡泡的家長和孩子，有在打羽毛球的年輕情侶，有騎著三輪車滿場飛馳的孩子，還有牽著狗散步的爺爺奶奶，各自用自己的方式度過時光。

和眼前開展和平安穩的景象相反，我腦中盤旋著陰暗的念頭。

如果我站在涼的立場上，能和他做出同樣的決定嗎？

我過去無數次想過這個問題。

對我而言，涼絕對是彰。不過，涼並不知道這一點。他只有夢裡零碎景象的印象，所以不覺得那是自己的記憶。說是只有『我看過所以知道』的感覺。

所以，若從涼的角度來看，應該是我還喜歡著叫做彰的另一個人，並且現在也喜歡涼，正在和他交往。

如果立場顛倒的話。就是涼雖然喜歡我，但心裡有不是我的另外一個人，但其實那個人是我的前世，所以對他來說，我跟她是同一個人。

是我的話，一定會嫉妒那個緊緊抓著涼一部分的心不放手的人。說不定會想說趕快忘記她只看著我。

彰又是如何呢？我想二十歲的他，不太可能沒有喜歡過任何人。說不定在認識我之前有個真心相愛的人。我沒想過這種事，所以年幼的我天真的喜歡上了他，但如果他曾經有過戀人的話，我還能一樣的愛著彰嗎？

一思及此，我覺得即使過了六年，涼還是接受了坦白一切的我，真的很了不起。

但我不知道是否能永遠持續下去。也許有一天，他會在分手時告訴我『我還是沒辦法』。也許會對總是追尋著彰身影、一有空就看天空的我逐漸失去愛意，離開我身邊。若變成這樣，我也不能有怨言。

我越想越覺得這念頭逐漸真實起來，我們要分手了。

我緊緊咬著嘴唇，涼一臉擔心的問「怎麼了？」。

「還是哪裡痛？」

「沒有。」

我連連搖頭。

「抱歉，沒什麼。只是我自己擅自妄想，然後心情變糟而已……。」

「妄想？哪種？」

我這次默默的搖頭。沒辦法說出口。

但是涼沒有放棄，問了很多次。漸漸招架不住的我，終於把到剛剛都還盤踞在我心裡的想法和情緒一股腦的全部說出來了。

「……妳在想好驚人的事情啊。」

涼有些佩服地說。

「可是，我想也不是這麼奇怪的事……。」

我小聲地回答。

自己也不知道為什麼，我的眼淚就突然上來了。

「哇，百合，妳還好嗎？」

涼慌忙把手放在我肩上。

「抱、抱歉，我沒事，馬上就不哭了，等我一下……。」

在我拚命用袖子擦著滲出的淚水時，忽然響起一個小小的嘆息聲。

下一個瞬間，我被軟綿綿的暖意包圍。溫柔的，溫柔的擁抱。

「百合真是個愛哭鬼。」

像是決堤似的，我的眼淚一口氣傾瀉而出。

要是有人在我想哭的時候對我好，我就會哭得更慘，到底是怎麼一回事啊？是因為心變得蓬鬆鬆暖呼呼，糾結的地方解開了嗎？

我像小孩一樣放聲大哭，涼一邊笑，一邊像安慰小孩一樣，緩緩輕撫著我的背說「沒事了，沒事了」。

「百合，妳繼續哭也沒關係，不過也聽我說喔。」

他慢慢地說。落入我耳中的聲音很舒服。

「我國中的時候的確非常在意彰先生，所以放開了百合的手。那時候我真的很抱歉。」

我波浪鼓般搖頭。

「但是，我現在完全不這麼想。因為我完全接受彰先生了。我喜歡百合，包括和彰先生的那部分。我喜歡愛著彰先生的百合。因為吸引我的百合，一定是因為遇見了彰先生而有所改變，新生的百合。」

涼字斟句酌地說。

我也不想漏聽任何一句話，拚命地側耳傾聽。

「我現在很清楚到不可思議地感覺到，彰先生在我的身體裡。彰先生的確在我身體裡，用我的眼睛看著百合，和我一樣的喜歡百合。」

我用被淚水模糊的視線，抓住了涼。

他的臉上浮現包容一切的笑容。和彰一樣的笑容。

「佐久間彰和宮原涼兩個人，都愛著百合。所以百合如果也能愛著我們兩個人的話，我會很高興的。」

「欸……？」

我驚訝的屏住呼吸，盯著他看。

彰和涼兩個人都愛著我。我可以愛著彰和涼兩個人。

「……可以嗎？這，可以嗎？」

這真的可以嗎？

會有這麼順利的事情嗎？可以有這麼幸福的事情嗎？

涼用溫柔的、溫柔的笑容回答我「可以」。

「當然可以，不如說我也希望妳這麼做。」

嗯，我一邊哭一邊點頭。

「謝謝……最喜歡你了。」

我的聲音帶著哭聲，而且沙啞顫抖。他一定沒有聽清楚吧。

但是，我可以說很多次，直到傳達出去。因為有足夠的時間，我可以用言語無數次表達我的心情。

我想，能做到這一點，我真的很幸福。

當我止住眼淚的時候，突然聽見一陣嘹亮的歌聲。

仔細一看，是在附近的一家人，爸爸面向孩子，一邊搖擺高大的身體一邊唱歌。是最近在小朋友之間很流行的歌曲，所以曲子一唱，小朋友們就開始跳舞。

年輕的爸爸不在乎周圍的目光，用盡全力跳舞，大聲唱著歌。這麼說雖然很不好意思，但他真的是五音不全，毫無節奏感的舞蹈也談不上跳得好。不過，看得出爸爸本人是在有自知之明的前提上，盡情唱歌跳舞的。

「爸爸——唱得好爛——！」

孩子開心的哈哈大笑，不過還是站在爸爸旁邊一起跳舞。附近的小孩也圍了過來，氣氛變得像是一場突如其來的遊樂會。

孩子的媽媽則用充滿愛意的眼神，看向在孩子們中間笑著的爸爸。不知為何，我莫名就感受到她是真心喜歡她開朗又有趣的先生。

突然，在什麼脈絡或證據都沒有的情況下，我覺得他們可能是石丸先生和千代的轉世吧？我在穿越地點遇到的，重要的兩個人。

和彰同屬一個特攻隊的石丸先生。他常和彰一起到照顧我的鶴阿姨經營的食堂用餐。他總是說一些幽默的話逗大家笑，是個開朗有趣的人。

每天都會到鶴阿姨店裡送貨的魚店女兒千代。和我同齡，是我在那個時代唯一的朋友。然後她在勤勞奉仕（註4）的地方遇見石丸先生，被他的體貼和溫柔吸引，對他偷偷有了好感。

但是最後，在千代表達自己的心意之前，石丸先生就和彰一同起飛離開了。

若是在那個世界裡無法結合的兩個人重生，在這個世界裡得到幸福的話。

如果那個拉著父親和母親的手，笑得非常開心的孩子，是那個失去雙親，因為挨餓偷食物被打，骨瘦如柴的那個男孩的話。

我環顧廣場，有很多人。

例如，那個滿身是泥教小孩打棒球的人，說不定是有著堅定信念，進行特攻的熱血老師加藤先生的轉世。

例如，那個一臉幸福與戀人肩靠著肩的人，是為了保護自己所愛的人必須活下去，所以從

註4：二戰時期的日本，國民為國家義務奉公、無償勞動的行為稱為「勤勞奉仕」。

特攻隊逃走的板倉先生後代。

例如，坐在長椅上帶著笑意看著廣場的老奶奶，說不定是在自己的孩子出生前就被徵召去進行特攻的寺岡先生女兒。他那連親手抱一抱都不可得，只能看一張照片看到磨破的遺孤，佳代妹妹。

但，我想這應該並非不可能的事。因為，世界是相連的。時代也是相連的。這個世界上有許多不可思議的事情，所以一定不是不可能的事。

我想著這些宛如做夢的事。

在七十五年前的世界，我目睹了許多人的死亡。空襲、飢餓、特攻。

被個人的力量無法撼動的巨大力量所害，明明沒有任何罪過就死去的人、自己選擇死亡之路的人、別無選擇的人。

我希望那些荒謬而死的人，現在能以不同的形式，得到幸福。

我希望每個人、每個人，都要幸福。

這也許是倖存的我的自以為是。也許是透過希望他們幸福的方式，來減輕只有自己倖存的罪惡感。

即使如此，我還是忍不住這麼希望。

接下來不要再有人嚐到同樣的痛苦了。

希望所有人都不會遇到荒謬的情況，平安終老。

希望現在、過去、未來，世界上的所有人，都能過著充實幸福的生活。

我忍不住這麼祈禱。

〈完〉

後記

這次非常感謝您在眾多的書籍當中，購買《在那流星墜落的山丘，終與妳相遇》。本作是二〇一六年七月出版（此指日文版，中文版為二〇二三年三月出版）的《在那開滿花的山丘，我想見到妳》的續集。我想故事內容當然是讀過前作的讀者比較容易上手，但我試圖把它寫成可以單獨閱讀的形式，若您喜歡就太好了。本作最初是在手機小說網站「野草莓」上發表，經過四年得以成書，一切都是託了購買前作《在那花～》的各位、為我加油打氣的各位的福。我想藉著這個機會，表達我最大的謝意。謝謝。

那麼，接下來會有一點劇透，所以還沒有閱讀本作的讀者請小心。

在前作《在那花～》的最後，我描寫了本作《在那星～》的男主角・涼和前作的女主角・百合相遇的橋段。關於這個最後的橋段，我收到褒貶不一的感想，也有因在前作中，出現百合的戀愛對象・彰的轉生而不開心的讀者。我想向那些因為涼的登場而覺得大受打擊、覺得被潑了冷水的讀者致上歉意，非常抱歉讓您覺得不愉快。但是，百合和涼相遇，然後彰和百合重新相遇，是我心中必須要去描寫的部分。我非常擔心百合在喜歡的人因荒謬的形式離開後，要怎麼活下去。是會想著喜歡的人的模樣，不愛任何人，一個人活下去嗎？當然有很多人做出這樣的選擇，我認為是很棒的生活方式。不過，想像才十四歲的百合接下來要一個人度過餘生的模樣，身為作者，還是不忍心幫年輕的她下這個決定。

家人、朋友、工作等，雖然人生有很多重要的事情，但我想從和其他人建立深厚的關係，有時會有衝突或糾結的戀愛中也能學到很多。我不想剝奪百合這段經歷。所以，我希望她能再次努力去愛。她的對象，涼，也有許多煩惱，能學到很多東西嗎……？身為他們的親生父母，我衷心祈禱他們能幸福。

汐見夏衛

此為虛構故事。與真實的人物、團體無關。

國家圖書館出版品預行編目(CIP)資料

在那流星墜落的山丘，終與妳相遇。/ 汐見夏衛著；貓ノ助譯. -- 初版. -- 臺北市：臺灣東販股份有限公司, 2024.02
180 面；14.7X21 公分
譯自：あの星が降る丘で、君とまた出会いたい。
ISBN 978-626-379-235-7（平裝）

861.57　　112022361

在那流星墜落的山丘，終與妳相遇。

2024年2月1日　初版第一刷發行
2024年7月15日　初版第二刷發行

作　　者：汐見夏衛
譯　　者：貓ノ助
編　　輯：魏紫庭
發 行 人：若森稔雄
發 行 所：台灣東販股份有限公司
地　　址：105台北市松山區南京東路4段130號2F-1
電　　話：(02)2577-8878
傳　　真：(02)2577-8896
郵撥帳號：14050494
總 經 銷：聯合發行股份有限公司
地　　址：新北市新店區寶橋路235巷6弄6號2樓
電　　話：(02)2917-8022
法律顧問：北辰著作權事務所蕭雄淋律師
電　　話：(02)2367-7575